願花草上的幾滴露珠

給你感動，給你疼惜。

正如同阿嬤所說，

一枝草，一點露。

大稻埕歌劇院貝爾實驗室

林秀全 著

博客思出版社

目錄

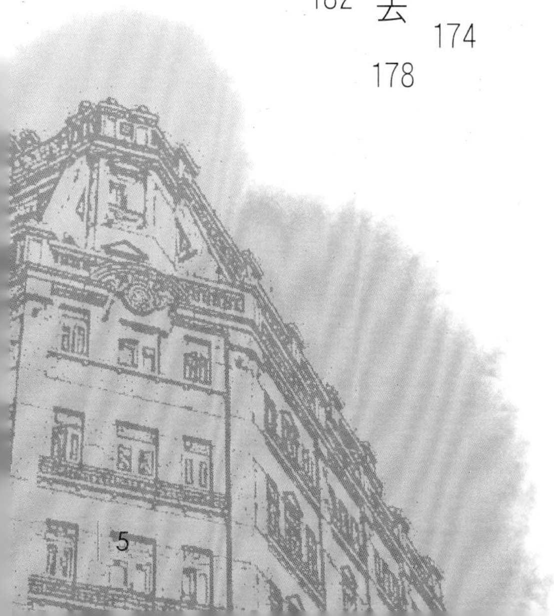

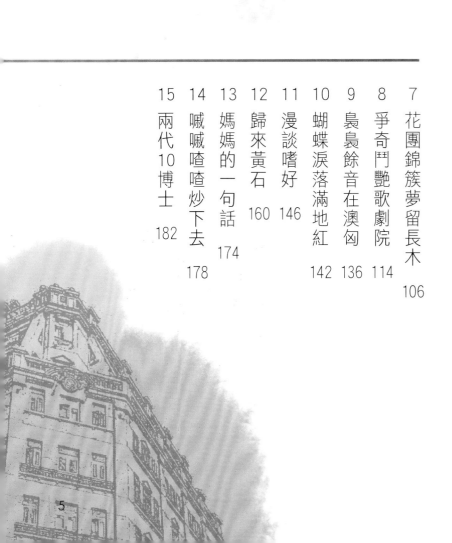

序 雲淡風輕譜出繽紛人生

《薪火》一書問世之後，大家都期待著老同學秀全兄趕快再出一本令人不忍釋手的佳作，如此一等數載，終於老友不耐七年之癢，推出了十五篇文采與內容均臻上乘的雋永精品。我有幸先睹為快，隨著文章有時沉醉在已經走入歷史的久遠時光中；有時勾起同樣的回憶，不覺黯傷流年；有時為了學到新知識而欣喜；有時讀到詼諧之處，拍案大笑，一掃疫情的陰霾。此書涵蓋甚廣，觸及多種人生層面和經驗，僅只這一點，就足夠嘉惠讀者。更何況秀全兄此時顯然經過「看山不是山，看水不是水」，而進入了「看山是山，看水是水」的歸真境界，下筆不求花俏而風韻天成，自然著墨而蒼勁有力，在在流露動人的真情，處處顯示深邃的哲理。用心讀這本書的人豈止是手握妙文，而是得窺生命的大智慧，所以一定要努力推薦給更多愛書的同好。

秀全兄是我在台大數學系的同班同學，後來才知道他是大名鼎鼎「林華泰」茶行的小老闆。他自己學業、工作、家庭，以及理財投資樣樣都是大有成就，但是從來不曾以此驕人，待人處世謙和有禮、總是替別人著想。如此的個性及修養，不出人意外來自他父母雙方的優良家風。細品〈楓林人家〉、〈女婿與丈人〉、〈媽媽的一句話〉、〈喊喊喳喳炒下去〉等文，可以欣賞美麗的風景、體會發人深省的語句、由衷敬仰淡然描述出的世事洞明人情練達之言行。真是令人讀之再三，好像上了藝術、文學、歷史和倫理道德的一堂混合課程。其中亦有奇聞佳話，試問有多少人和自己祖父是小學校友？而叫我從心底升起一股暖流直至眼角的莫過於點出外祖父來女婿家賣茶無非是「來看女兒和孫子的」，走過相當人生歷程的人才能有如此體會呀！

我早就聽說秀娉嫂是學霸，高端電池專家，也是在美國高科技企業中開公司的女強人，終於在幾年前見到了她。秀娉嫂人如其名，秀麗娉婷，個性爽朗，待人親切周到，對秀全兄的愛心與呵護有目共睹，真令人為老同學得妻如此而慶幸。看了〈兩代10博士〉一文，更是深羨吳家一門俊彥。秀全兄和秀娉嫂雙方的家庭都是家風敦厚，言教身教俱佳，難怪他們的兒女亦是人中翹楚。

秀全兄在許多方面都卓然有成，出身百年茶行，當然是茶學專家。此道學問大，外行人難以窺得堂奧。記得幼時喜歡聞香片的味道，自作聰明摘下後院的茉莉花，放到了清茶的罐子裏面，覺得如此就可以製作出香片啦，結果可想而知。讀了〈花茶軼事〉一文，明瞭其中工序繁複，那芬芳馥郁的香氣來自多少花農、茶農與茶藝師的辛勞及經驗，難怪在以前那茶品甚少的時代是一種奢華的選擇。讀這一篇佳作只覺茶香花香透紙而出，但最令人心醉的還是「華泰伯」的雲天高義，想要在商場上領袖羣倫的人請先讀此文。以前農曆年前會跟著媽媽去迪化街置辦年貨，幾十年來大稻埕風貌變換，想要找回當年的情景以及進一步修修「茶學」，那就好好讀一讀〈茶香飄渺大稻埕〉吧。

人生一世不能夠只顧著學業事業，要懂得適時駐足品聞玫瑰花香。秀全兄絕對是一位生活的藝術家，遊歷全球觀賞奇景，在心愛的風景區買下別館，不但御馬還在極地駕狗橇，賞玩收集種種奇珍，涉獵繪畫進而做石雕，以攝影讓剎那成永恒，用歌聲震撼了國際馳名的歌劇院。讀者一定會享受〈歸來黃石〉、〈峽谷情懷〉、〈漫談嗜好〉、〈花團錦簇夢留長木〉、〈蝴蝶淚落滿地紅〉、〈爭奇鬥艷歌劇院〉、〈裊裊餘音在澳匈〉數篇文字瑰麗，內涵豐富的文章。秀全兄是華人中不多的歌劇專家，不但自己會唱，懂得其中的竅門，在世界各地著名的歌劇院觀賞過無數劇目，可用內行的水準來品評優劣，還熟知看歌劇的今昔禮儀。想起自己年輕時常聽家中黑膠唱片上的蝴蝶夫人和魔笛，至今仍舊有幾段旋律偶爾浮現腦中，雖然也喜好這優美的藝術，但現場觀賞的次數不多。退休後倒是有時間了，只歎歌劇在南加州的演出有限，本已約好兩位美國友人一起定期去本地劇院自銀幕上看東海岸的實況表演，怎奈疫情蔓延，只好作罷。秀全兄擔心歌劇的前途，如今新冠肺炎有了疫苗，希望各業能夠儘早恢復正常，讓這華麗的藝術重回舞台。長木花園我甚愛之，惜乎久不曾至，秀全兄開一個半小時的車就可以到了，我得飛上好幾個鐘頭呢！不過看看秀全兄的攝影，倒是聊慰情懷。至於騎馬，我可沒有老同學跑馬的膽量，只在修騎術課時跑過，而且絕對是花蕊夫人說的「幾回拋鞚抱鞍鞽」，此後就只走馬啦！在天清氣朗時，景色宜人處，信馬由韁是一種很大的享受，秀全兄亦可如此為之。

散文寫得文采飛揚，言之有物的人雖然不見得經常寫詩，但是一定有這方面的才華，秀全兄信手拈來的〈短詩〉就是很好的證明。我希望他繼續創作，將來出一本詩集，再讓讀者一新耳目。

七年前有幸為《薪火》一書作序，如今秀全兄又來相邀。老同學戲稱自己是「前清遺老」的兒子，那麼由我這「前清遺老」的女兒寫序，也就不太唐突啦！

沈念祖

林秀全

台大數學系畢業，費城賓夕法尼亞大學華頓 Wharton 商學院碩士，同校工學院電腦資訊碩士博士。曾任職貝爾實驗室 AT&T Bell Labs 研究員。出身製茶人家，終生與茶為伍。著有《薪火》一書。

作者自序

大稻埕，歌劇院，貝爾實驗室是我一輩子走動的地方，是這本書的主題。我將它們做為書名，感覺上很實在，很誠懇。的確，這本書就在講我過去眼睛所看到的事，心底想說的話。讓我們就此開講吧！

七年前我出版了《薪火》一書，寫下個人對家庭事業的期許和與生俱來的使命感。讀者看過之後都很好奇地想知道茶行的歷史和經營的來龍去脈。我責無旁貸要將我們經營者的點點滴滴告訴大家。從小時候有記憶以來到現在一甲子的時光，我都可以清晰地描述我們林家三四代人如何在台北近郊的石碇鄉和台北城邊的大稻埕之間的往來。

傍晚花農將茉莉花賣給茶行用來生產香片茶。雖然篇幅有限無法鉅細靡遺詳細道來，但也間接地回答了大家想問的問題。譬如香片是在夏天晚上製作的，非夏天不可，也非晚上不可嗎？是的，夏天才有花，下午花才開。罕見的茉莉生產過剩給爸爸一個新的挑戰。在〈花茶軼事二〉裏有詳細的描述。

自二〇〇〇至二〇一九年我整整看了二十年的歌劇季票，包括一百六十多場紐約大都會歌劇院的西洋歌劇演出。能夠欣賞到一流的歌藝表演，我內心充滿感激與滿足。自己也不免在家開口高歌一曲。也找機會在歌劇院的舞台上盡情地唱。先後在澳洲的雪梨歌劇院和匈牙利的布達佩斯歌劇院，分別清唱一點歌劇《杜蘭朵公主》和《費加洛婚禮》。

我過去一向害羞內斂，在接近半百之年臉皮變厚，膽子變大，開始開口摸索意大利歌劇和民謠。二十年來上台演唱都能勉強把歌湊好唱完，沒有掛在台上不知所措的窘態，沒有出意外，這就出乎我個人意料之外了。

至於近二十年來在美國西南部大峽谷一帶享受大自然的美好日子，在〈峽谷情懷〉一文中我寫下在那裏的生活點滴，讓大家分享。我實在要再感謝老天爺讓我在峽谷邊緣上擁有一個房子。沿著大峽谷數百哩路，能遠眺峽谷的房子大概不出百戶人家，絕大多數的土地為國家公園所擁有。時來運轉，近年有景點的名勝宅第熱可炙手，機會是留給有準備的人。我卻常常對機會有不同的詮釋。機會可在山巔可在水湄，可在紐約可在台北，這個機會我可準備二十年了。

我們在石碇的老家也是蓋在溪谷邊的懸崖上，在沒有汽車的時代那裏是台北和宜蘭之間的交通要衝。茶葉就從這裏上船運到淡水河邊的大稻埕。我們林家在石碇地區從闢地種茶，製茶到賣茶，憑著誠信獲得飲茶人的好評。我在書中也敘述到這段漫長的歷史。

我岳父母家兒孫兩代人有十個人取得博士，都出自美國名校。太太行事低調常說不足與外人道。我認為一個平凡人家，孩子能規矩讀書，取得學位。提出來讓有志者努力效法我的岳父母也是一件好事。孟子說，有為者亦若是。吾家辦得到，大家都一樣有機會做得到。

自從二零二零年大瘟疫在全球失控，導致經濟崩潰，死亡人數激增，有些行業恐怕從此一去不復返。現在疫苗開始上市，力挽狂瀾，但願整個世界能很快地恢復往日的美好時光。同時汲取教訓，不要再有如此殘酷的浩劫了。這本書大部分寫在瘟疫之前，記錄了我大半輩子的好日子，期盼與人分享。

為本書寫序文是我的大學同學沈念祖博士。她是史學大師沈剛伯教授的掌上明珠。媽媽也是歷史系教授，專長西洋史。有父母如此學識淵博，沈同學早就學貫古今中外。加上國學底子深厚，寫起文章用字遣詞，常常要我戴起眼鏡，動用家裏重達四公斤的大辭典，來拜讀她的大作。

沈同學寫的序文我每看一遍就想去照一次鏡子，好好地看看自己。我對朋友說這序文寫得太美了，受之有愧。朋友一語道破，這不就是找人寫序文的目的嗎？噢？是哦！感謝沈同學的美言，我知道讀者看過她寫的序文之後，會對主修數學的人，有這種文筆感到驚訝。我們的同學也都會感到十分榮幸，能沾同學的光。正巧我們的父親都出生在前清年代，所以可以倚老賣老自稱遺老的兒女。同學的父親沈教授年輕時曾經當場聽過孫中山先生演講，讓我們像是人瑞級的人物。假如人生七十才開始，我們這群同學多數人的人生還沒開始呢！

林華泰茶行 的地址是 台北市重慶北路 2 段 193 號
台北電話是 2557-3506，或 2557-9604

花茶軼事 一

正如威爾第筆下歌劇裏的茶花女，
美麗是短暫的，絢爛是表面的。

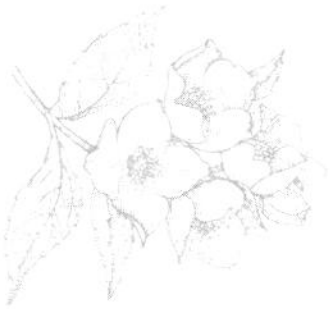

華泰伯是外人對我父親的暱稱。他是林華泰茶行的店東，叫他華泰伯是既親切又尊重的稱呼。他的一生跨越過台灣幾種茶葉的盛衰，像一位經驗老到的船長在不同的水域穿梭自如。他的一生近百年的時光有三分之一的日子天天和花茶香片在一起。不只親身經歷到香片在台灣的興衰，他一直是這種茶葉產製銷的靈魂人物。

香片在台灣有它獨特的歷史，從一九四九年到上個世紀八〇年代，日子不算長。一九四九那一年大量的人口從中國大陸遷徙到台灣，包括喜好香片的華東華北人士。隨著生活的安逸，喝香片的人口一直持續穩定到上世紀八〇年代。當時全台灣只喝兩種茶，有花香的香片和文山的清茶，也叫包種茶，占了絕大部分的台茶市場。今天的主力凍頂烏龍茶是在七〇年代崛起，取代了昔日香片和清茶的地位。

香片是切短的包種茶，經過一次的香花與茶混在一塊，讓花香留在茶裏，大約半天後，花與茶分開，拋棄不再新鮮的花朵，前後過程叫作一薰。同一批茶做兩次，叫作二薰等等。品質好的香片要求茶好，和多次的花薰。三薰乃至四薰已是高級香片起碼的要求。在製作成本的考量，茶好或花香的取捨，見仁見智。

五六十年前林華泰是生產香片產量最大的茶行。爸爸自然是決定茉莉花價格的人。別家茶行在每天傍晚時分，會打電話來詢問我們茉莉花一斤的買價。他們再添加一兩塊錢向花農或花販買進。平時花農和茶行維持著買賣交情，花農偶爾會遊走在茶行之間。

花農通常自有土地，自己採收，再賣給花販或茶行。茉莉花盛產在夏天，春秋量少，冬季無花。台北近郊三重，蘆洲和五股一帶是主要產區。每年從春季天氣轉暖時開始，每天就或多或少有花可採。在傍晚時刻花農花販騎著腳踏車，載著整個下午的收成，開始絡繹不絕，將花賣到茶行。每個花農產量參差不齊。我們一視同仁，半斤一斤不嫌少，五十百斤不嫌多。交給我們秤重後，即可領錢回家。有些花農會在茶餘飯後，全身梳洗光鮮，帶著滿身的茉莉花香，到茶行去把花賣了，跟著留下喝茶聊天。花農過的就是這麼愜意的日子。

如此愜意的日子並不長久，只因為還有更好過的日子就在後頭。除了建商，沒人預知或警覺到，失去花香沒有茉莉田園的日子正迫在眉睫。高樓豪宅與茉莉花園不是魚與熊掌，建商可以讓你兩者兼得的。甚至加送一部朋馳（Benz）轎車，只要你願意讓出茉莉花田的地皮，要什麼都好談。

建商可以在高樓的屋頂為你蓋一個空中的茉莉花園。在夜晚的星空下，聞著熟悉了一輩子的撲鼻花香，遠眺大台北都會的華燈初上。你還擁有和茉莉的綿綿舊情。不禁令人回想起以往的美好時光，這傍晚的時刻原本該是雙手提著兩袋茉莉趕往林華泰的路途上。有小白花才有這片可貴的茉莉田園。沒料到這些可愛的小白花讓我們守住了家園，小白花改變了我們的命運。正如威爾第筆下歌劇裏的茶花女，茉莉花的美麗是短暫的，迷人的絢爛是表面的。從樹枝上摘下以後，不出一天的光景，茉莉花朵已不再是清香撲鼻雪白亮麗。生命的精華已融入茶香化成另一種形式的美味，留給飲茶人士享用。

茉莉不是唯一能用來製作花茶的花朵。有一種比茉莉長得更嬌小叫秀英的白色小花，花季和茉莉雷同，我們也是天天都在收購，花朵纖細不好摘採，因此單價高，我們用它來薰茶是備用的，以防茉莉的不足。其它花朵如玉蘭花，桂花也有時用來補茉莉季節的短缺。

隨著房地產價格的攀升，大都會近郊的農地迅速消失，我們轉而期待彰化的花農來供應茉莉。大時代的變遷，喝茶習性也跟著在改變，喝香片的人口逐漸消失。當年白天茶農帶進茶香，夜晚花農載來花香的日子，令人感到十分不捨。儘管香氣濃郁的回憶隨著歲月漸漸地遠去，讓我懷念的故事依然很多，像是永遠也說不完似的。

以下照片說明茉莉花的變化。

新鮮剛摘下的茉莉，捧一把在手中，聞一聞，清香不艷。趁著花朵新鮮透出香氣，顏色亮麗時，就混入茶堆裏，照片 1。讓花香進入茶葉。隨著時間拉長，花朵漸漸地由白色轉到枯萎的黃紅色，照片 2。茉莉花已盡其所能奉出所有。結束它的任務。乾枯的花朵已無助茶香，照片 3。

1

2

3

浮沉茶水之中，取悅飲茶人。這是一朵小小茉莉最後能做的貢獻。

花茶軼事 二

「車上這些花只有倒入淡水河一條路。」一屋子的花農譁然，眾云紛紛。

這一天台北的仲夏之夜跟往常一樣地寧靜，星空也一樣地暗藍。爸爸在天未黑之前，就得到當天茉莉持續盛開的情報。盛開到不可預期如洪水泛濫成災一般，爸爸就像是要來治水的大禹，接受智慧的考驗。茉莉向來都是清香、美麗和浪漫的象徵怎麼會是洪水猛獸呢？

花農總希望多賣一、兩塊錢，常會先到其他茶行試機會。林華泰茶行總是花農的最後一站。

時間已是晚上九點了。通常值班的師傅在這個時候會來請示老爸，是否可以開始薰茶了？今夜的林華泰充滿山雨欲來風滿樓的況味，該見卻還沒見到重量級花農的影子呢！今天花農竟然找不到一家茶行買主，他們所到的茶行都拒絕收購或賞以閉門羹熄燈對待。花農群龍無首在大稻埕的街道上流竄。林華泰會不會收容他們，不知道。沒有手機的時代真不方便。

不久，有三位花農騎著載貨用的腳踏車，各自載著兩三包裝滿茉莉花的大麻布袋，一包在胸前，一兩包在背後，進到院子裏來。他們是眾多花農派出來的先遣人員，前來瞭解茶行的近況。「來了，花來了！」我這個報馬仔衝進事務所向老爸報告。他們三人把車子停好之後，也急忙進入事務所見父親。這三位花農像是被驚嚇過度，神色沉重地說，「春來香茶行擋不住。」「不收了。」「老闆父子把門一關，吃宵夜去了。」「興旺商號乾脆熄燈關門。現在就要來看你們華泰了。」「等一下所有人都會溢向這裏來。」三個農民七嘴八舌，真是到了走投無路的絕境。農民是靠天吃飯的，天冷花不開，令人煩惱，天熱花太多，也是煩惱。

「這水大出！」這一波是大大的生產！可愛的小白花，捧在手中仔細端詳，還真讓人不忍釋手。好一朵美麗的茉莉花……民謠〈茉莉花〉的歌詞正是如花一般的清香。可是這個夜晚竟然沒人要，天知道能賣多少錢？萬一找不到買花的茶行，就得雙手空空，抱個零鴨蛋回家。漸漸萎凋的茉莉將會分文不值，還帶回家做什麼？

這個農作物的豐收竟然是如此的苦澀難堪，多數其他農作物的收成都是讓人眉開眼笑，張燈結綵地慶祝豐收。老天給茉莉花農竟是這麼一個艱深的難題。

大家紛紛抱怨茉莉平時沒有一個好的生產計劃。連續幾個好天氣的日子，茉莉花猛開，花農猛採收，茶行如何能無限制地吞下那麼多茉莉花呢？

時間是晚上九點半，林華泰三層樓的木板房舍裏，多數是清茶或香片的倉庫，它們是暢銷的大宗。這一晚所有電燈全開。準備讓出所有的空間來歡迎既美麗又香噴噴的茉莉花，加入林華泰。事務所燈火通明，讓來自各地的花農在此會師，祈求粒粒飽滿的茉莉今晚有一個好歸宿。

明日旭日東升時，茉莉將渾身解數把香味留給茶葉，從此改名換姓，姓香名片，嫁入茶香人家。「芬芳美麗滿枝芽」已是懷鄉憶舊的歌聲。昨夜還是飽滿的茉莉，如今只剩下一身殘花敗柳。烘乾過的茶與花從此分道揚鑣。留下其中一些花乾收藏起來，準備送給買香片的顧客，這些極少數幸運的花朵能被有雅興的騷人墨客留下，在玻璃茶杯裏沉浮，接受品茗者最後的眷顧。經過一夜的花香薰身，茶葉身價更高一籌。

花農們拖著疲憊的身子，腳踏車一輛又一輛接踵而來。每一輛車都載滿一袋袋的新鮮茉莉。盛開過的茉莉塞爆了鼓鼓的麻布袋，麻布袋塞爆了厚重的腳踏車，腳踏車塞爆了露天的庭院，眾人默默地把車停好，陸續進入事務所。平日和藹的老爸也不苟笑地招呼大家。眾多的茶農在事務所裏外，就近找張椅子坐下，好好地鬆一口氣。

從傍晚入夜以來，推著重型腳踏車遊走在大稻埕裏的大小茶行，花農真嚐到繞樹三匝，無枝可依的窘境。辦公桌上有一兩包已打開的新樂園香菸，供人取用。這時人手一根新樂園，把事務所裏裏外外，燒得煙霧彌漫。連蚊子都知道要保命就要快快離開事務所。

今夜的花農個個在煙霧中愁眉苦臉，沉默不語，就期待著華泰伯的一句話。不抽菸的老爸偶爾抓起算盤，撥兩下，等大家坐定。

抽菸的人向鄰近的旁人敬煙是那個時代的禮貌，不抽菸的人回以拱手稱謝也是一個中規中舉，受人歡迎的禮儀，禮失求諸野，還剩下多少禮儀讓人懷念呢？

我這個在場唯一的小孩子揉著乾澀的紅眼，強忍著睡意。站在姐姐身旁，捨不得離開這難得的大場面。三四十位各方好漢，包括來自土城，三峽和板橋等地，齊聚一堂。當時幾乎每一個花農我都認識，叫得出他們的名字或偏名綽號，來自何方。但是要他們同時出現在一起，這一次是空前也是絕後的。

這時大嗓門綽號大頭仔的花農首先發難說話了。「華泰伯，現在大家就要看你了。」「這些花離開華泰就無處可去。」「今晚你不點頭，我們就不走了。」「假如你也不收容我們，車上這些花只有倒入淡水河一條路。」一屋子的花農譁然，眾云紛紛。說的也是，明天一早所有小白花都會變成枯萎的小紅花，那為什麼還要當傻瓜費盡力氣，推著笨重的鐵馬爬坡，上台北橋載回三重，淡水河的另一邊呢？還是讓花農將自己的茉莉從橋上撒下，飄入悶熱的淡水河內呢？上千斤的茉莉花將隨波逐流，進入台灣海峽，那多傷人心，這又是一個多麼慘烈的夜晚呢！

我多麼希望老爸，在這個時候快快地點個頭，假如倉房裏還有備用的細茶解困。顯然爸爸有他的苦處。我們的師傅在旁嚴陣以待。這盤棋子已下到一兵一卒了。花農才不管茶行有沒有急需的預備茶呢！「華泰伯，求求你，幫大家一個忙。」「幫忙今晚一次就好，我們明天不採收了。」

浪漫的茉莉更凸顯她的悲情。了解所有狀況，爸爸向師傅下指令了，「後樓北二房，多薰一次。」顯然也是彈盡援絕。就多薰一次就是。「照昨天的價錢！」補上這一句之後，花農露出了微笑。深深地吸一大口煙，呼出積壓了一整夜的心中塊壘。

對花農而言，沒被落井下石，真是一個十分完美的結局。「華泰伯做人真公道，真慷慨！」步出事務所的花農紛紛稱讚載道。不然，人家怎麼說華泰伯多厲害。不然，人家茶行怎麼能越開越大。不然，不然。「喝到這一批花茶的人才是福氣啦！」一點也沒錯。「這超級香味的花茶，是華泰伯請大家喝的。」

接到指示後，所有的師傅慢跑動起來。每個人帶著工具迅速就位。有節奏有秩序的動作開始把花和茶均勻地混在一起，像一支訓練有素的小部隊。爸爸只剩一件事要做，我也關心著，就是吩咐媽媽趕快煮綠豆湯給花農和師傅們享用。花農搶著衝出去排隊，過磅，領錢。大姐是大家目光的焦點。撥算盤核對，重算再重算，鈔票點了再點，直到最後發錢還都是她一個人完成的。

我就站在姐姐旁邊，用心算去核對她的珠算，像以往一樣，她沒有錯過一個數字。譬如一斤十八元，重量三十二斤十二兩，總共多少錢？我的算法是十八乘以三十三（594）減掉四兩四塊半，答案是589.5元。很快，不是嗎？那是還沒有手掌型小計算機的時代，生意人孩子的心算能力多少會比一般小孩快一點。這種心算與珠算比快的實戰，只要我願意，時候又不太晚，隨時可加入。

大家都想早一點回家休息。等事務所人去樓空，師傅也進入安靜的薰茶製程，三更半夜會有輪流值班的師傅起床，攪動沉睡中的茶和花，讓茶葉吸走更多的花香。

夜已深，我跟著爸爸逐樓逐倉去熄燈，一個接一個，直到最後陷入黑暗。一向木訥的老爸總是用三言兩語讓我分享他的看法。這一回五個字就夠了。黑暗中他輕描淡寫地說：「大家好就好。」這句話簡單易懂到小學生都會說，卻也深奧到有些大學生都講不清裏頭的哲理。這是一個多麼寬容又仁慈的言辭啊！

不出幾年以後，蘆洲，五股，三重等地所有的茉莉花田都變成高樓大廈，花農過著沒有茉莉的清閒日子。沒事也開著朋馳寶馬之類的高級轎車來找老爸聊天。講到當年花農走投無路的那一個夜晚，這些老花農仍難忘那段肝膽相照的情誼。已是滿頭白髮的勇伯，見到老爸想起當年的往事，激動起來以茶代酒，向老爸致敬。一聲讚的同時，翹起大拇指對著老爸說，「你是這一指的。天下無敵！」

峽谷情懷

π啊！久久不見的數學符號，再見它時已化身為展翅的烏鴉，飛出數學教室，自由自在，翱遊峽谷之間。

記得卡通動畫裏名犬史努比（Snoopy），將他的小包袱掛在靠在右肩的小木棒上，輕鬆地上路去找他的哥哥史派克（Spike）。史努比有五個兄弟，兩個姊妹。他這個大哥是個老莊弟子，帶著竹林七賢那般瀟灑，一個人離群索居，在西部的沙漠裏過日子。

史努比不花一文車錢，睡臥在火車後頭，空蕩無人的貨車箱裏，千里迢迢地尋親去。沿途無聊時就讀一讀哥哥寫給他的家書，想起骨肉親情時也不免掉下幾滴熱淚。憑著信封上的地址，史努比在加州和亞歷桑那州邊界上的一個小火車站下了車。除了孤單的木

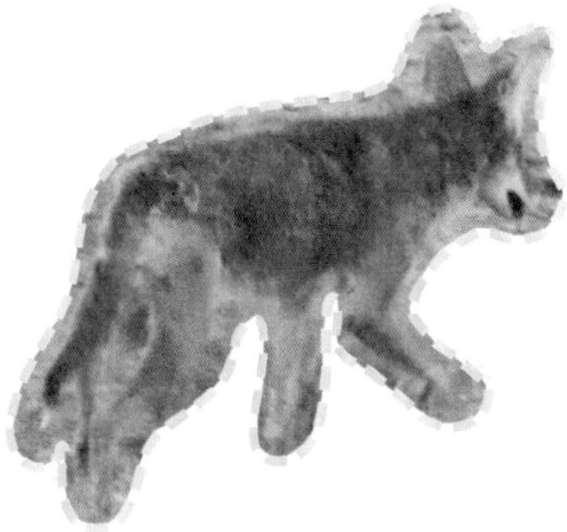

胡狼 coyote

土質像巧克力
蛋糕。

彩色的塵土。

搶色爭艷。

土壤五彩繽紛。

屋火車站外，毫無人煙，史努比一時傻了眼。沒料到哥哥會住在這種鳥不語花不香的鬼地方。於是按圖索驥，進入長滿仙人掌的沙漠。就在一棵長了兩隻手臂的巨人仙人掌裏，找到多年不見的兄弟。哥倆啜著咖啡，閒話家常，直到星斗滿天，才就地為床。史努比翹起二郎腿，仰望著閃爍的星空，不知不覺中 zzz 去了。

有一回從南加州開車到賭城去。在沒進入內華達州之前，公路上的標誌清楚的寫著「往針林」（Needles）。這個針林正是史派克和他同卦的胡狼哥（coyote）、仙人掌等等一群嬉皮狗黨居住的地方。我二話不說，方向盤一轉，順路找史努比的哥哥去了。來到針林這個綠洲小鎮，一點也不荒涼。史派克已是當地婦孺皆知的名犬。他平時依靠替胡狼清理狼窩維生，所得微薄，食物不足，也就長得比史努比清癯瘦小。

住在掏空的大仙人掌裏，擺上幾本書和一把小提琴，還算舒適。不過在加州要找到有巨人仙人掌的地方，針林當地人說還要往南五十哩路。史派克可真是個隱居隱得緊的老嬉皮。

想當年自己年輕時不也是個史派克，偏好老莊，動則嚮往鵬鳥搏翼萬里，靜則有如壽龜泥沼偷生。沙漠遠離喧囂塵世，史派克的心境我全然瞭解。但是他進一步提醒了我，走入沙漠也可以是人生的一個選擇。對，沙漠只不過是不想住紐約或台北的另一個極端的選擇。

美國西南部的加州，內華達州，亞歷桑那州，新墨西哥州和猶他州等都是境內有類似沙漠或是沙岩組成的地形。一條水源充沛的科羅拉多河，從落磯山脈向西南流去，切割沿途的沙岩高原，加上附近納入巨河的無數支流也幫著切割，造成處處是峽谷。兩旁的岩壁按沉積的年代不同，有著不同顏色硬度的層次，再經過風雨冰雪的沖刷腐蝕，各個峽谷也就能顯示出它們特有的風格。根據景觀的不同，

像切開的西瓜。

錫安公園一景。

紀念碑谷地標。

科羅拉多河上的渡口（Lees Ferry）。

規模的大小，規劃出各種不同等級的國家公園，規模較小就成立為州級公園。這麼多的峽谷湊在一起，世上絕無僅有，吸引各地慕名而來的觀光客。

這裏眾多的峽谷公園遠近馳名，尤以大峽谷（Grand Canyon）為首，也是所有峽谷之中氣勢最雄偉的一個。它是不是遊客的最愛呢？那就見仁見智，歡喜隨人了。有人喜歡它的雄偉壯觀，有人喜歡錫安（Zion）公園的岩壁逼人，有人喜歡布萊斯峽谷（Bryce Canyon）公園的秀氣別緻。有人通通喜歡，蘋果和橘子不能相比，軒輊難分。也有人看這些公園通通一個樣，無所謂喜歡不喜歡。還有人說看來看去都是石頭，有什麼好看？遑論喜歡。更有人說好看，但是在家看照片更舒服。最瘋狂的是石癡，喜歡得不得了，駐足不歸。最後山不轉人轉，把家搬過來。像史派克一樣，與展翼乘風的大烏鴉，勞碌不停的跑路妹（Roadrunner）為伍。跑路妹是沙漠裏一種不太能飛的鳥，淡淡灰褐色的外表與周遭的環境相似，以蜥蜴，昆蟲和小蛇維生。多數的人只在電視上卡通動畫「跑路妹與胡狼哥」（Roadrunner and Coyote）裏看到牠，嗶嗶來，嗶嗶去。自以為聰明的胡狼總是吃牠的悶虧。電視裏的牠長得像紅鶴一般大是個誤導，事實上牠那不到一英呎高的身材一點也不惹眼，也不會嗶嗶叫。

科羅拉多河還沒進入亞歷桑那州之前，河水就先流入包偉湖（Lake Powell）。這個狹長的人造湖是在亞歷桑那境內的格蘭峽谷水壩（Glen Canyon Dam）築起後的蓄水湖。湖水通過水壩又成河水，才開始奔向大峽谷。一直流到賭城（Las Vegas）南郊胡佛水壩（Hoover Dam）擋出來的密德湖（Lake Mead）。這段河水所經之處，兩旁懸崖峭壁，少有平灘，可讓西進的篷車渡河。附近人口稀少，土地多屬大峽谷國家公園或國有土地管理局（BLM, Bureau of Land Management），沿途幾百哩來，能眺望河谷的房子竟是屈指可數。二十年前，懸崖邊上的白屋與我有緣，緣起於那一份對沙漠的情和峽谷的愛，讓我成了白屋的新主人。

房子座落在沙岩磐石上，屋後陽台西眺峽谷。一條在美國西部縱貫南北的公路在這裏與科羅拉多河平行，從屋子和河谷之間的石坡穿過。當年旅遊經過，遙指白屋跟太太說，有朝一日能擁有它，該有多好。其實多年來常常路過此地，這句心底的話可隱忍久矣。隔年開車上坡，看看這幢心儀多時的聖塔菲式白屋。赫然看到插牌待售，那是在行動電話尚未普及的年代，趕快在麥當勞快餐店門外的公用電話，開始行

動。一時之間有意此屋者，也別無他人，白屋就如此輕易地落入我這個終極峽迷的手中。

賣主是個時運不濟的飛機玩家，小飛機觀光事業因政府法規的改變，難以持續經營，被迫賣掉所有飛機，包括自己私用的單引擎小飛機，甚至波及自己的住家。房子交接之後，我才發現他是我一生僅見最正直的完美主義者。

早上完成了交屋手續，下午還繼續他這輩子的一個心願，把車庫裏的水泥地漆上油漆。一個多麼癡心的漢子啊！他要把已經不屬於他的房子打扮得漂亮才走。我思考半天，想不

遠處是拿瓦或山。

起自己這一生中曾做過類似如此浪漫的事。到了傍晚，完成了一大半。因為他還要開五個小時的車到拉斯維加斯，我勸他放下工作上路吧！望著修長挺拔的背影上了車，還拖著一部參加過二次大戰的軍用小吉普，像一個永不凋零的老兵，離開人生的一個讓他挫敗的戰場，緩緩地上路。

好人消失在蒼茫的暮色裏，我怎麼也開朗不起來。他真給我上了一課，課名叫做「浪漫地堅持」，或是「堅持地浪漫」也可以。浪漫是苦藥的糖衣，甜美的情愫，大家都喜歡的一個美麗名詞。舊屋主是個有心人，將浪漫刷在車庫的地面上，留下一段千古不朽的動人故事。黯然神傷地離開，被說是浪漫，豈不太殘忍？

把屋後視線所及的這一大片紅岩江山，拱手讓給我這遠來的過客。愛屋及烏，我十分珍惜他們對舊居的情深。十年後，熱心地歡迎舊屋主的一對兒女一起來訪。我和他們一起在後院面對大峽谷這片美麗的山河，仔細端詳一陣子，不露唏噓，也不留遺憾。兩個成年的兄妹都是這裏長大的，這裏的一磚一瓦他們都比我清楚，我好想沏一壺茶讓他們坐下來，聽聽他們記憶裏白屋的往事。像多數的年輕人一樣，眼前的事已夠忙夠煩人，往事只是老年人閒來無事的回憶。年輕人回老家看看之後，高高興興地離開。彷彿，唏噓是我自己的無病呻吟，遺憾是自己不知道的心病。

屋子經過半年的整頓，煥然一新。享受著嶄新的裝潢，望著窗外美景，我跟太太說，這教我如何死而無憾呢？身處仙境，不但捨不得死，還想要長生不老。其實這是個很難長生不老的地方，小鎮裏只有一個簡陋的小醫院。離較大且醫療設備完整的城鎮，亞歷桑那州的旗桿市（Flagstaff）或猶他州的聖喬治市（St George），各要兩個半小時的車程，到主要機場拉斯維加斯或鳳凰城各要五個小時。因此被列為全美國最孤立的小鎮。此地沒有郵差送信，

後院景觀。

豪宅湖景。

在早餐桌上，看到晨
曦照到對岸的岩壁。

多功能車的車跡。

晨曦射入布萊斯峽谷。

卻有一個摩登的郵局，每一戶人家都有一個信箱在裏面。取信的同時，難免遇到熟人鄰居，交換訊息，傳播八卦。因此，又加上了一個頭銜，全美最大的無郵差送信到家的城鎮。

有一次在離旗桿市還要兩個小時的公路上看到一個車禍，當時的氣候是惡劣無比的沙漠風暴，救援的直昇機自身難保，更無用武之地。傷患躺在路邊凜冽的強風中，得等三小時才能上救護車，再經過兩小時的折騰才到得了醫院。在朦朧的沙暴中遇到迎面而來的救護車，模糊的紅燈一閃一閃遲緩地靠近，這種救援的速度，我真替傷患憂心。幸好飛沙走石撲天蓋地的日子不多，高原上多數的日子是空氣清新陽光和煦的。

在晴空萬里的日子，慢慢地駕車欣賞沿途風光，乃是人生一大樂事。安詳自在，陶然忘機，彷彿是在一個寧靜的禮拜天裏。偶爾還得要超車，超非常慢的車，不用看就知道是印地安人開的，好像生活裏已經沒有一絲絲的緊迫，需要把車子開快一點點。他們的天天都像是禮拜六，明天會更優哉。西部電影裏的印地安人驍勇善戰，快馬衝鋒陷陣，怎會開不快車子呢？顯然不是指這裏的拿瓦侯族（Navajo）印地安人。拿瓦侯人個性溫和，除了有一段被政府強迫徙步遷徙它州的悲慘歲月，沒跟政府的陸軍有過慘烈的戰役。或許是民族習性使然，這一族人丁旺盛，不包括保留區外面的族人，就有一二十萬的人口，是全美最大的印地安族羣。聽過一個白人導遊放低聲音，自我解嘲地說：「不聽話的壞印地安人，我們就消滅掉他們；好的印地安人才留下來，把他們趕到沙漠裏去。」這正是無奈的史實。多少無奈都被風砂刻在族人的臉龐上，深深的皺紋早已融入血脈，成為世代的遺傳。

附近廣袤的沙漠地帶，若不是國有地，便是印地安人保留區。國有地裏藏有不少風光旖旎的特殊景觀，鮮為人知。在缺乏完善設備之前，並不鼓勵

這個燒煤的火力電廠已關閉，三根煙囪的地標已被炸掉。

陽光突破烏雲，照亮新蓋好的旅館。

包偉湖畔。

孤石是包偉湖露出水面的岩石。賭城飛往費城的班機經常飛過這裏。

大量的遊客進入，以免破壞珍貴的大自然。至於印地安人保留區，雖然也有一些風景名勝，在缺乏資金和人力的挹注之下，自然比不上國家公園。紀念碑谷（Monument Valley）是個印地安公園，卻擁有足以和國家公園抗衡的一流風景。至今仍有少數印地安人零星地居住其間，可惜這些住家多少伴著一堆堆破車廢物等等。

過去有數百部西部電影在這裏拍攝，已過世的影星約翰韋恩（John Wayne）經常扮演開拓西部的英雄角色，一輩子在電影裏不知槍殺了多少印地安人。每次來到這個印第安公園裏唯一的紀念品商店，看到有一整個牆壁上掛滿了韋恩的劇照，書籍等等各種紀念品，每每讓我感到不安。同時也讓我去深思這個心結。

當年西部片全盛時，天天有戲可拍，中彈落馬的印第安人臨時演員，一天可以死去活來三五回。約翰韋恩的時代過去了，保留區裏多數人更是失業沒工作。講起歷史，只會徒增痛苦和無奈，更讓人不能安心地吃頓飯。眼前的日子是仰仗政府的福利，來自歷史裏敵對的另一邊。民族主義終究有覺醒的一天，五年前有一天商品店被重新裝潢，韋恩的影子一夕之間消失無蹤。

印第安保留區有人民，土地，政府，首都和警察等等，幾乎是一個國家的要件都齊全了。可是我們在保留區所看到的景象，相當令人洩氣。讓人不禁要問說為什麼？未來要怎麼辦？有一次和小鎮的高中校長夫婦單獨吃晚餐。校長吃進什麼不重要，吐出的話才是我想要的第一手資料。

基本上印第安人是不重視教育的，這也是最讓校長失望的地方。族人認為，替觀光客開車當導遊實在不需要那張高中文憑。很多人高中就輟學打工去。能唸完高中，繼續上大學唸書的人也不多。上了大學能按時唸完畢業的更是鳳毛麟角了。一半的印第安學生不是由父母養大的，而是由阿姨或祖母

湖畔的黃昏。

包偉湖畔的石壁。

帶大，父母酗酒吸毒是一大因素。這個高中的學區特大，有一個成績不錯的孩子每天一大早走二三十分鐘的土路，去趕上六點出發的黃色巴士，坐兩個小時的車到學校。下午三點半放學，六點到家。學校老師的流動性也很高，每年四分之一。省錢是到偏遠地區任職的首要理由，有錢無處可花，自然能夠儲蓄存錢。說著說著，來不到一年的校長說他也要走了。這些簡單的事實說明了一切，這就是全國佔地最廣，人口最多的印地安人保留區。

有一年聖誕節前幾天，到小鎮裏的超級沃瑪特（Walmart）購物，放眼望去購物的人潮幾乎都是印地安人。穿梭其間，感到自己是個混珠的魚目。嚐試著釋出善意的眼神，才覺得很難和他們有目光的交會，他們眼神可沒露出一絲絲的猶豫。早就確定你不是祖先從白令海峽走下來的族人。到了付錢的時候，一句英語就清楚地說明了自己的身份，一個自己搭飛機來的亞洲老鄉。對老鄉會親切一點嗎？

多數拿瓦侯人不苟言笑，也不輕易給人微笑，像是受過太多的苦難僵化了嘴角的神經，連對自己家人也少有笑容。雖然知道小鎮裏有其他屈指可數的華人，卻從來沒遇到過。真的遇到時，或許我也會有似是而非的迷惑。

有一回和太太從沃瑪特走出來時，一小羣來自中國的年輕觀光客慢步在前，就在我們快步超前的時候，一位女孩壓低聲音跟同行的夥伴說：「我們後面那一對印第安人好像會說我們的普通話。」說得好，入境隨俗，及早被同化也是應該的。

龐大的沃瑪特商店是方圓百里的購物中心，三不五時會有黃色的校車載滿一車子印第安人遠道而來購物。要是沒有這個大店，日子真會難過。何況物價和大都市裏的沃瑪特幾乎一樣。這個居住環境有些不便的實情，並不會減低我對這裏大自然的熱愛。

房子後院遙對著橫亙延展的岩壁，河水湍急的

夕陽西下的湖畔。

科羅拉多河像一把利刃深深地往下切入百米。一百多年前開拓西部的篷車移民來到渡河口，望著滔滔流水，禁不住聲聲讚嘆著，「雄壯威武啊！科羅拉多河，Mighty Colorado！」剛從湖底穿過發電機，重獲一身輕鬆的滾滾河水，就在我們房子的山坡下。晨曦中我醒來坐在床上，遠眺墨綠冰冷的科羅拉多河，兩旁是高聳雲霄的峭壁。在河谷裏一時還難得一見天日，只有在正午時分才能得到久違了的陽光。假如岩壁是風景的主角，陽光必然是不可或缺的配角。黎明，還沒起床的睡眼，望著窗外。享受陽光帶來的朝氣。整片岩壁由暗轉明的同時，從褐色，紫色到橘黃，瞬息萬變。山下公路上爬行的車輛也漸漸地忙起來。夏日的早晨更有大卡車拖著摩登的船屋，到湖邊下水。

多數的日子窗外的清晨是如此循序地重演著。卻有那麼一個西山飄雨的清晨，濛濛細雨落在暗淡的岩壁上，遠山朦朧，朝氣盡失。所幸剛上地平線，升起的朝陽及時送上片段的彩虹，貼在西邊的岩壁上。太難得了，這是晨曦給的一個美麗的意外。

旭日東升，直到正午，屋後面西的陽台總是在屋子的陰影裏，坐在導演椅上享受著早餐，遙望山下往來的車輛。曾幾何時我也是車子裏忙碌的旅人，天天穿梭在不同的過夜旅店和公園景點。路過此地仰望懸崖上的房子，好像看到了一幅好畫，畫裏有紅岩，白屋和藍天。現在畫裏應該多了一個坐著騁目四野的品茗騷客。我又跟太太說了，我是死而無憾，因為當年的賞畫人已知足地活在畫裏。太太說，「有憾無憾都是你的話，你已經無憾三十年了。有我在還有什麼事讓你遺憾的？」聽起來有點曖昧。到底是嫌我良心話晚說了呢？還是保證我能繼續享受，有求必應的好日子。

幅員遼闊的拿瓦侯印地安人保留區，佔地兩個台灣大，包含了鄰近三州的小部份土地。這個大保留區裏卻藏有一塊地是后霹（Hopi）印地安人保留

後難得留下的一池清水如鏡。

夕陽西下的湖畔。

高原上公路筆直，
人煙稀少。

區。后霹和拿瓦侯是語言不同也不通婚的世仇。

有一回在這段窄路上，因超速被迎面而來的警車調頭追上，動作出奇地快。一位個子矮小皮膚黝黑的后霹警察走上來，穿著筆挺的制服，戴著墨鏡，掠下嘴角，顯得十分驃悍。或許是特別寬容我這個觀光客，不是拿瓦侯，給一紙警告單，饒了我。有些歷史學者認為后霹就是八百年前在美國西南部突然消失的原住民阿納薩契（Anasazi）。看過他們留下的廢墟所開的進門小洞，拿瓦侯人的身材高大壯碩，是過不了這一關的。拿瓦侯是晚來的印地安人，在這兒不過五百年而已。

午後的高原，沒有風吹便寂靜無聲，時空彷彿凝結不動。遠眺聳立在湖邊的巨石，這個天地只剩黃藍兩色。藍藍的天空，更藍的湖水。黃黃的石壁，淡黃的倒影。西斜的落日喚醒了時空，夕陽開始慢慢地為陽光所到的石丘岩塊，不分遠近，描上陰影，讓所有的岩石都立體起來。太陽越斜，陰影越黑越大，岩石越有個性，直到太陽躲到西邊漆黑的石壁後。這時東方呈現一片粉紅，接著淺藍緩緩地從地面升起往上推進，將粉紅逐出天際。西邊的餘暉轉弱，東方的淡藍也漸漸地深沉，由暗藍轉入黑夜。

一位經常一起和台大校友旅行的林學長，是個歷史教授，對「大英帝國的沒落對東方的影響」有深刻的研究和精闢的見解。有一次請他到舍下來，再一起到大峽谷走走，到了遊客眾多的南岸景點，正好趕上日落時分，加入等待日落的人羣。我一時野人獻曝，讓他聽我的「大峽谷的日落對東方天空的影響」，簡單扼要，不到三分鐘就講完了。

當所有在場的遊客都引頸西眺的關鍵時刻，我一人獨醒，向西送走夕陽的同時，也朝東看到滿天紅光，淡藍及時進駐的老戲。林教授眼尖，看我既東張又西望，也知道我不愛讀書，捉狹地說我是「顛倒讀書，看書該從前面翻起的。」活了一甲子又二十年的林教授，看盡天下的日出與日落，有雲海

加州鷲，美國最大的鳥。在這一帶繁殖，回到四五百隻之多。

錫安山之春。

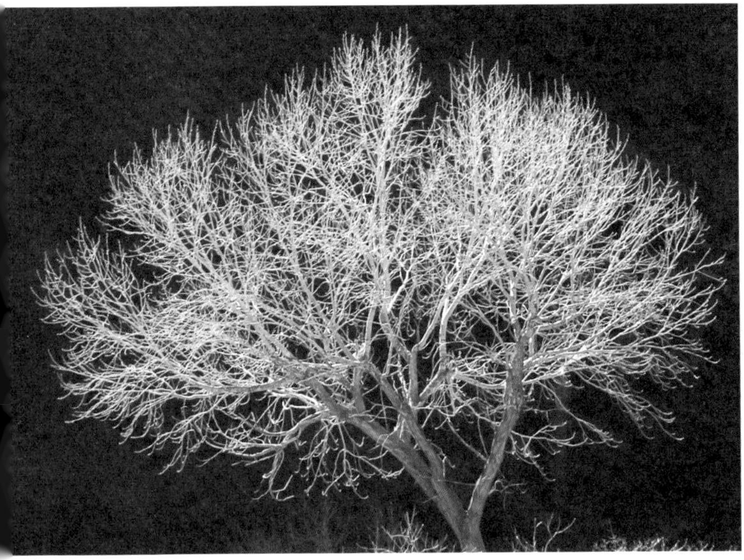

棋盤岩是錫安公園最東邊的景點。橫線條是層層細砂堆積而成。垂直線是水長期由上流下，走出來的。歲月是以百萬年計。

科羅拉多河造成的馬蹄彎

的，海上的，沙漠裏的等等，也嚐到轉身一望也是氣象萬千的滋味。

令人納悶的是早晨看日出是為了看東升的旭日，傍晚看日落是為了看西下的火球嗎？海上的日出日落是如此。圓滾火紅的太陽，在海天交會的水平線上下準時上下班。在其他地方就沒有一定的答案了。在附近的布萊斯峽谷看日出，太陽是從遠方山上露出來的，隨著太陽上升陽光漸漸入侵峽谷，每個片刻，每個角度，每個拍照地點都讓峽谷呈現它的美。犧牲睡眠，守株待兔都不見得遇得上的絕佳景色。

太陽是這一天的燈光師，照片裏的主角卻該是陽光所及的紅岩峽谷。淡淡的晨曦鋪蓋在淺紅色的土丘上，為峽谷染上深淺不一的胭脂紅，美極了。

夏天是這裏的雨季，經常是午後雷陣雨。一大片烏雲來自大峽谷的方向，帶來一陣的雷雨。來匆匆，去也匆匆，飄過小鎮的上空，向東方無人的荒漠逸去無蹤。探出頭來的太陽，以最大的熱情送出雙層無缺的大彩虹，為遠去的烏雲餞行。烏雲愈黑得到的彩虹愈亮。雲雨是大地的洗衣機，太陽自然是大地的烘乾機，感謝它們的辛勞，讓這裏能夠擁有全美國空氣最乾淨的美譽。小鎮的東邊有一個火力發電廠，兩年前因經濟因素歇業。發電廠的三根地標煙囪，最近被炸掉，從此消失在沙漠的地平線上。少了一個發電廠，小鎮還有一個發電量更大更乾淨的水力發電廠，坐落在我們屋後窗外，峽谷底下。

雨過天晴的黃昏真好。做好簡單的晚餐，烤牛排和生菜沙拉，在陽台上慢慢地享用。有一天一隻孤獨的胡狼在後院不遠處，大概是聞到牛排的香味，目不轉睛地瞪著，隔一陣吞一下口水，久久不肯離去。這隻胡狼我認識，常在附近閒逛。這時山下的車子又多起來，從附近各地的風景區紛紛回巢，到小鎮來過夜。

飯後幾位友人和林教授在後院，圍著一大盆營火，人手一杯極品烏龍。聽林教授說歷史，談軼事。透過火光，看鬍鬚滿腮的教授娓娓道來。我想鬍子或許是智慧學問滋養出來的，摸一下自己的下巴，像寸草不生的荒漠，不讀書又能寄望什麼呢？可是這個夜晚大家都說聽了林教授一席話，勝讀十年書。我想我應該也享有這一份花十年才熬出來的學術濃湯才是。有一個像林教授這樣的朋友，還需要讀書嗎？

夜色如此誘人，關掉屋內燈火，讓星星撒滿天空，也讓威利納爾遜（Willie Nelson）迷人的歌聲流遍四野，今晚我們要像開拓西部的篷車移民一樣，只聽引來鄉愁的鄉村歌曲。我們還需要一個喝酒講歷史的林教授嗎？當然不了。有人說不要讓教授喝酒，尤其是歷史教授，喝了酒講的話就會是八卦野史。那就讓林教授多喝一些吧，不八卦不好聽。

夜越深，星光越是璨爛。回想到童年坐在小竹凳上數星星的日子，那是心如明鏡，不染塵埃的歲月，才能心平氣和地數起來。如今只會世故地說，多得令人眼花撩亂的星星要怎麼數起？真的那麼難數嗎？未必，多點童心，少點世故就數得出來。天文學家數過說，這裏看得到的星星多達七萬五千顆。美國東部大都市的郊區只有兩萬五千顆。

有一回為了一睹七萬五千個閃爍的星海，挑一個沒有月光的深夜，為避開城鎮裏的燈光，獨自開車到沙漠裏去，把車子停在路邊，站到車外。四周黑得可怕，也靜得可怕。很多兩萬五千以外的小星星都冒出夜空，繁星點點，密密麻麻擠滿天際。銀河從頭上方跨過。看著，看著，轉身逆向也看。怎麼這邊一大片漆黑，一顆星星也沒有，這個天空怎麼了？像是地球破個大洞，讓星星溜得一顆也不剩，真嚇人。連伸手都不見五指，又能看到什麼呢？仔細一想，大概是把車停在路邊的一顆巨石旁邊。記得這段路上只有一顆大石頭是坐落在公路旁，我偏偏就停靠在它旁邊。在巨人幢幢的黑影下，我無心多做揣測，趕快開車溜了。

夏日冬雪，春花秋月，在沙漠裏也是樣樣俱全。貧瘠的大地供養不起枝葉茂盛的大樹，只能在春天長些草本的小花，撐上一個花季。經常是只有單一品種一個顏色的小花開遍一片荒地。凹下的低地得到較多的水分，花朵長得較密集。濃密稀疏不勻的大片花海覆蓋在起伏的丘陵地上，讓大地上原本就很優雅的曲線顯得更玲瓏有緻。這些低調少為人知的美景往往要自己去察覺。若要等到大山大水才能震醒你的靈魂，撐開你的眼簾，那麼你已在國家公園的鐵絲圍牆裏了。

越過鐵絲網，走出公園，讓花草上的數滴晨露給你感動，讓一灣藍湖一丘紅沙給你疼惜，願你的人生能為一朵長在岩壁上的小花飛揚起來。沒有這個心境，一切惘然。就像藍天紅岩之間的白屋一樣，會挺寂寞的。不論如何，做一個漫遊峽谷的過客，總是快樂的。天天追著麗壯的山川跑，一下子崖邊，一下子谷底，讓寂寞追不上你。來吧！歇腳白屋，為客數日，常來串門子的烏鴉嫂會來歡迎你。至於卡通動畫裏的跑路妹和胡狼哥，你還是回家去，坐在電視機或電腦之前找他們比較容易些。

至於愛現的烏鴉嫂酷愛兜風玩風，時而展翅逆風飛翔，縮起雙腳，飄浮在空中維持不動，時而乘風遠盪，或來一個大幅度的俯衝。讓大家來欣賞牠飛翔的美姿。展開雙翼，縮起兩腳，遠看恰似一個希臘字母，也是數學符號 π。時遠時近，時快時慢，忽高忽低，忽左忽右，好一個會翺翔會翻轉的 π 啊！沒料到久久不見的數學符號，再見它時已化身為展翅的烏鴉，飛出數學教室，自由自在，翺遊峽谷之間。

我正像一隻自由翱翔的烏鴉。

楓林人家

雞犬相聞，炊煙裊裊，景色正如書中所描述的桃花源。

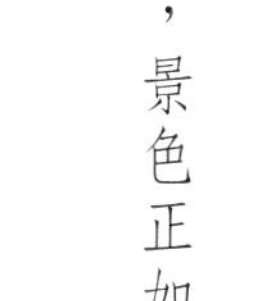

台北市郊的景美溪自石碇上游，沿山勢挾著石塊，順水而下。嶙峋巨石，佈滿溪谷，卻止於楓子林這個美麗的小村落。因此，來自台北大稻埕的貨物可藉舢板逆水而上，進入新店溪，在景美轉入景美溪抵達木柵。繼續上行經過深坑，抵達船運的終點楓子林。我的曾祖父林萬興就是在這裏經營舢板生意的水邊人家。過去淡水河畔的艋舺和大稻埕都是茶葉和大藍染料的出口港。楓子林是水路和往宜蘭陸路的交會點。這是北宜公路通車之前，台北通往宜蘭的交通狀況。

劃過村落的邊緣，四周環山，炊煙裊裊，雞犬相聞，景如書中所描述的桃花源。巴士是來自台北開往石碇的公路局班車，久久才來一班。除了巴士和稀疏過往的卡車以外，馬路安靜地任雞群四處覓食。

緊貼在橋頭的第一戶林姓人家是個熱心公益，勤於助人的壯年人，人稱金叔。一個陌生人下了車必定先過金叔這一個關卡，講清楚來訪的目的。金叔只有幫忙，沒有為難。對我們在外的鄉人，尤其像爸爸這種事業有成的老鄉人，拉著推著進入他的豬肉店，先喝杯茶才放人。金叔嗓門大，說起話來，一排鑲金的牙齒全露。不必透過介紹你自然就會知道誰是金叔。他對隨父母來的小孩子，總是喜歡摸摸小孩子的頭說些鼓勵的話。我一想到切了一早上豬肉的手會來摸我的頭，早就裝傻，故作思鄉情切狀，一溜煙就往吊橋中間跑。一下子仰首望山，一下子低頭看水。環視著四周的青山綠水，這個鄉村的景色之美渾然天成。難得的是，它就在都會之旁台北之郊。

除金叔這排商家外，整個村子的人都住在橋的另一邊。出入都要過橋。在橋上往上游一望盡是亂石佈陣，連讓小舟泛溪都不可能。往下游一看，石塊漸漸稀疏，溪水左轉積成一池的碧潭。林家早年就選在潭邊水湄之上，落地築屋而居。這裏也是村落離橋頭最偏遠的地方，但也不過是五分鐘的步行而已。再多走五分鐘就到山丘底下。這是林家茶園，橘園小徑的開始。四周山丘圍繞的這塊平坦的台地，就叫做楓子林村。在我們沒有豐衣足食的日子以前，官方先改它為豐林村，楓紅的艷麗不如物質上的豐衣足食。後來又叫它八分寮。好像在提醒我們知道凡事八分就好，比如

飯吃八分飽。後來又改回楓子林村。過了八分寮再往山裏去，還有九分寮，十分寮。最後這一寮也就是每年在元宵節放天燈的小村莊平溪，這裏有一個小而美的瀑布，就叫十分寮瀑布。

林華泰茶行每年只放年假兩天不營業，農曆大年初一初二。爸爸就在年初一早上僱一輛計程車回家鄉探望一下。因為車位有限，最多只有三個孩子跟班。車子不能上吊橋，就跟著老爸步行回他生長的地方。這是每年過年的固定活動。所到之處，家家戶戶的老年人都出來和這位離家多年的老鄉親寒喧拜年。熱情的鄉下人拉著老爸進門喝茶。除了探望臥床的鄉親，數十年來沒見過他進了哪一家親友的屋子停下來。停一家就要有停十家的準備。東家人拉他往東，西家人拉他往西。每次看到爸爸兩隻手被兩個人在小街上拉得平衡不動，就覺得好笑。老年人漸漸地凋零和外鄉人逐漸地遷入，認識老爸這個老鄉親的人越來越少，這股鄉下人的熱情就慢慢地消失了。

這個安詳寧靜的小村落在過去也只有深坑和石碇之間的公路才經過。這段公路在楓子林境內很短，開車不到一分鐘，完全是沿著景美溪而行。從石碇到台北的巴士過了雙溪口不久，我們就可在吊橋上看到它風塵僕僕地趕來。免不了要跟金叔道別了，數十年來一成不變的叮嚀重覆演著。金叔沙啞的聲音喊著：「要常常回來啊！」我們答應著：「好啦！好啦！金叔，你也要多照顧自己的身體啊！」我知道每次的道別越來越可能是最後的一別了。這個活跳跳的大聲公作古絕響也有半個世紀之久了。

楓子林位於台北近郊卻能保持鄉村景觀，歷百年而不變，大概要托交通不便之福。十多年前新建的北宜公路，以高架空中之勢，在楓子林邊緣的山坡上畫過。往東南進宜蘭，向西北去進入台北的南港松山。整個村子正慢慢地隨著車流熱鬧起來。

我們林家是曾祖父從景美大坪林一帶，遷到楓子林。蓋起中西合璧的建築。正面是兩層樓房，是西式簡樸的外表，除了中堂和拜祖先的廳頭以外，兩旁是包著中式四合院在內。房舍居高臨下，看著景美溪的水流深深地切過，將整個村子分成兩半，靠一座美麗的吊橋，將村頭村尾連起來。地處碼頭進出要衝。屋下深淵就是舢板船運的盡頭。我的曾祖父就是經營碼頭的人家，也在後面山坡地上廣植茶樹，同時以林全記商號兼做雜貨生意，落腳大稻埕迪化街。今天的林華泰是一百年前從貴德街附近搬到重慶北路和歸綏街的交接處。八十年前為拓展更大的營業空間，同樣在重慶北路上往北搬到現址。並將小孩帶到台北，唸太平公學校。因此，祖父和我是同一個小學校友。後來在中法戰爭時，法國船隻進逼淡水，甚至進入淡水河域，也嚇壞了台北人。商人紛紛將物資後送景美乃至楓子林一帶，台灣和大陸運輸中斷，以往屯積的百貨讓林家發了一點小財。村民留傳下來是如此的傳聞。

我小時候暑假回到這個哺育三代人的老家，屋旁有一條寬約六七尺的石階直下溪谷，林高蔭大，石階已被潮濕的青苔覆蓋到只剩下中間的小徑，讓少數村姑到溪邊洗衣。這是我六十年前童年所見的回憶。最近舊地重遊石階斑駁依舊在，當年鋪陳這道寬大的石階是為了給三五個住在附近的歐巴桑使用的？應該不是如此大材小用吧！

曾經，布衣商賈販夫走卒在此過路，往返台北和坪林、宜蘭。在這裏去台北的人搭舢板，往宜蘭的人走山路。其他地方如南港汐止翻山走小徑不出三小時就到。這是未築公路沒有汽車前的交通。做染料的大藍是茶葉之前的主要經濟作物也經過這段歷史。

再把時光向前推六十年，即公元一八九七年。這是台灣從動盪歸於平靜的年代。台灣茶葉的外銷量從一八九五年頂峰下滑，台灣人也剛剛換了一個皇帝，新的皇帝叫天皇住東京。說是要講日本的國語，多數人就馬馬虎虎五十年，也沒有講好日本話，只講閩南話。法國艦隊的孤拔將軍在淡水外海遊蕩，除了嚇嚇台北人以外，也不能有什麼作為，只好班師回朝，一切歸於平靜。這時的文山地區種茶製茶事業還是方興未艾，一直到爸爸這一代人還在擴張茶園的版圖，山巔溪畔有地就種。文山地區山不高，種到山頂不稀奇。陡坡斜地到處都是，只要茶樹站得住就種。台北人假日不妨到石碇坪林走走茶山，看看茶農對土地的珍惜，領受一下葉葉皆辛苦所喝到的茶香。

一場夏季突發的山洪，冲走舢板，曾祖父萬興公也不幸溺水逝世。剛從公學校畢業正在習醫的祖父因此奔喪棄學，是大家族裏唯一繼續茶葉事業的人。其他伯叔公有遠走滿洲，有學習西醫等等。和爸爸同輩的伯叔都還年輕。家裏生產者寡消耗者眾，經濟因此變得極為困難。

年輕時的爸爸家境貧苦，沒錢娶老婆，到三十歲才晚婚。我因此有個比多數同學爸爸年紀大的老爸，他出生在明治時代，相當中國的光緒年間，比末代宣統皇帝還早一點。我呢？倚老賣老，是前清遺老的兒子。他二十歲左右到南港向一位名叫魏靜時的製茶大師拜師習藝，學做茶。從此和大伯父在台北州地區屢屢拿到製茶比賽的冠軍。獎杯獎狀堆積如山，可惜這些歷史的見證都毀於五十多年前的葛樂禮颱風水災，可見當年比賽的規模的大小與參賽的熱絡比起現在並不遜色。很多人知道爸爸懂茶，卻不知道他真能動手做一手好茶。今天南港魏姓人家少數人聽說過魏靜時其人其事，不過沒讓那一手祖傳技術發揚光大，殊為可惜。

就在那個時候，明治的西化政策也衝擊到台灣。一個名叫史密斯的美國年輕人到台北的南機場來一段飛行表演秀，風靡台北。這是台北人第一次看到傳說中的飛機，爸爸也躬逢其盛。我從小就聽過他講這位斷腿的美國飛行員的故事，我想史密斯是他的第一個美國印象。勇敢，樂觀和進取等等正面的印象。美軍轟炸過台灣，卻沒留下民族的舊仇新恨。可是這個日本的西化政策走火入魔了。

日本漸漸地推進它的軍國主義，最後竟大膽偷襲珍珠港，也送上數百個皇軍登陸美國的阿留申群島。美軍趕到逼日軍繳械，少數皇軍選擇切腹自盡。台灣隨著日本與美國為敵。美軍開始空襲楓子林。有一天媽媽在屋後的溪澗洗衣，忽然有一架美國戰機對她低空掃射。看到飛機低空飛來，她知道機關槍手已盯上她，來不及躲避了。成排的機槍子彈朝她掃射，答答答，答答，她嚇壞了。沒事！或許是美國大兵戰技不精，或許是心存善念，網開一面。媽媽說生死只在兩三尺之間，感謝老天爺的保佑。

沒料到有一個西化的項目也在楓子林這個小村子裏默默地進行著。我小時候每次回到楓子林的老家，都會跟著大人上山看看茶園。茶樹就種在緩和的山坡地上。就在日本人戰敗回去之前幾年，在山上種了一種日本人叫它古瑞普福祿多的果樹。總共十來棵，散佈在茶園的周遭。試驗性地看看台灣是否適合種植這種美國果樹。一直到我大學畢業時，才在台北街頭看到童年所見的古瑞普福祿多，美國進口的。美國人叫它葡萄柚，這就對了，當年年紀小，聽不清楚日語的發音。現在從英語來找日語發音就一切都搞定，古瑞普福祿多。冗長的日語真折磨我這個阿伊烏也歐一竅不通的小孩子，這水果怎會好吃呢？果真難吃，又苦又酸，美國水果的聲譽都給葡萄柚破壞光了。

小時候下鄉上山總會摘一大袋回台北吃。這來自楓子林的姓林人家真奇怪，吃這種比柳丁大柚子小的苦果，要吃苦臥薪嘗膽不成？當年水果不多，免費的葡萄柚食之也苦，棄之可惜。橫刀一切，分成兩個半球，各撒上一層砂糖。沒魚吃，有蝦也不錯，無水果，葡萄柚也可充數。來美數十年，沒問津過葡萄柚，印象中它不但乏善可陳，還會降低某些藥效。

石碇的林家在楓子林一帶打著林全記的商號，經營茶葉百貨的生意。楓子林是四面環山的平地。山坡全被茶園所覆蓋，平地是溪水充沛的水田。外公的茶園是在石碇的石崁地段，與楓子林相鄰。巨石遍野，難得一小塊平地，種上一點茶樹。因此外公過著相當清貧的日子。

整個文山地區被山巒環繞，石碇是其中一個山路崎嶇的小村落，也因此難得的寧靜得以保存。百年以來先民經營茶山，前前後後不過三四代人的功夫。百年前搬進來的是留著辮子的清朝移民，現在遷出去的是投入大都會的科技人才，如此一來一往對我們生活的環境有著完整的保存與愛護。百年前茶葉外銷，與國際接軌。台灣人憑著島國民族的韌性，一路顛簸走來，來到高科技的時代。這回不只是和國際接軌，我們也開放著讓世界各國來接軌。光陰如梭，日本人戰敗離開台灣，不出百年的時光，我們儼然也是一個科技強國。我們的祖先冒險搭船越過海峽，建立新的家園，也不出三四代的光景。不論先來後來，流汗打拼一起來。啊！可愛的福爾摩沙子民們。

女婿與丈人

他是來看女兒和孫子的。

外公有女嫁入時運不濟的大戶人家，等到我出生時林家正是進入時來運轉的年代。我這一輩子少見外公來訪，這個次數大略是一雙手屈指可數。媽媽也很少帶我們回她石碇的娘家看外公外婆，這個次數一隻手的手指就可以數得完。媽媽帶著大大小小一群小孩，搭公路局的公車到石碇之前的石崁站下車之後，爬一些石階山路，也涉一點階梯旁的山泉，到達在石崁半山腰的外婆家，真是一點也不輕鬆。偶爾外公會帶著一兩袋茶葉進城來賣給爸爸，這也是我們能看到外公的另一個機會。

茶季是在四月到九月的盛暑。在台北近郊山坡地種茶製茶的茶農之中，產量大一點的人就想自己賣到茶行來，一方面是想見見世面，看看台北都市的繁華，免得被都市人譏笑自己是個土包子。另一個目的是想讓茶葉賣好一點的價錢。平常在鄉下有遊走各地的茶販會以低價來收購，賺取差價。茶農可以省去進城來回一趟的時間和開銷。或是趁有一兩天的製茶空檔，把近日做好的產品，帶出來賣給茶行，也試試市場價格的軟硬，同時也可以和別的茶農觀摩切磋一下。

外公也是種茶人家。做好的茶總是要賣出來的。茶葉帶到台北來要賣給誰呢？賣給林華泰，就是賣給自己的女婿，妥當嗎？不賣給他，賣給別人，就很奇怪了。在林華泰茶行光天化日之下，茶農雲集，透明的交易，公開的買賣，這種價格自然是最具公信力了。女婿和丈人雙方平常心對待。在眾目睽睽之下進行的交易，什麼價格可以買到什麼品質的茶葉。在林華泰茶葉的品質是決定價格唯一的因素，皇親國戚尚且無論，何況童叟布衣百姓。

在近午的陽光下，爸爸忙裏忙外，門內有茶要賣出，門外有茶要買入。忙進忙出之後，繼續進行買茶。外公可以得到的唯一優待是在林華泰茶行他不必和其他茶農排隊，不需要等一二十位茶農的隊伍，直接給爸爸看茶出價。外公不想享有這個特殊待遇，就低姿勢埋頭藏在隊伍裏。茶農來自台北近郊幾個產茶區，不同鄉鎮的茶農也不容易互相認識。一旦同鄉的石碇人發現是老丈人，就故意大聲叫著：「華泰的阿公啊！你排錯地方了。」同時一隻手抓著外公的手臂，另一隻手拎著外公的茶布袋，走到隊伍最前面，把布袋放在爸爸的身邊。「葉公，你是排在這裏的。」外公滿臉尷尬，耳語很快低聲傳出，一下子大家都知道他是誰。在場大夥人對老丈人的茶葉品質和能賣多少錢一斤感到好奇。

一般的茶農來賣茶，爸爸會用右手深深地插入布袋裏，從中抓一把取樣，聞香氣，看色澤之後，先問茶農要賣多少錢，對外公就不能這樣問了。爸爸要在數十個茶農圍觀下，全神灌注地直接說出他的買價。和對所有茶農一樣，這個價錢一出口就駟馬難追，不再變動了。爸爸有沒有給外公高價優惠？在場所有人都可以檢驗外公茶葉的品質是否符合這個價碼。女婿出的價，還能說什麼。外公羞澀地微笑著，平日大聲說話的他，變得斯文起來，小聲地對在家當幫手的大姐說：「就磅秤了吧！」同時有幾個調皮的茶農對爸爸遠遠地喊起來：「太便宜啦，他是你的丈人喔！你不認識他啊！」眾人爆笑如雷。這時有一位我們的師傅將外公的茶秤了重量，並將空布袋還給外公。大姐就將這個數字寫在記事板上，算盤撥幾下子，就算出多少錢來了。另一位茶農喊道：「你出這種價錢，等一下你還敢請丈人吃午餐？你丈人吃不下的。」茶農大打丈人牌，也乘機調侃一下不讓討價還價的老爸。

外公坐在事務所裏低調地等大姐這個長孫女算錢給他。大姐一向知書達理不好將茶錢粗魯地直接交給外公，由媽媽來轉手比較有禮貌。忙著做午餐的媽媽看到我或弟弟，順口喊著，有沒有叫阿公啊？這段歷歷在目的往事，一晃就是一個甲子過去了。近年來我也初為人外公，孫女叫阿公，聽起來的滋味還真不錯。

啊哈！我這時才恍然大悟，我的阿公不是來賣茶葉的，帶茶葉進台北只是一個藉口，他是來看女兒和孫子的！我怎麼從來沒想過呢？真蠢！難怪外公每次來賣茶都帶著鄉下人那種愉悅天真的笑容。

茶香飄渺大稻埕

鑼鼓喧天響遍街頭巷尾，
七爺八爺搖擺煊赫揚威。

在台灣喝茶可以說是國飲，多數人有茶就喝，好不好喝？馬馬虎虎啦！漸漸地，我在朋友喝了一口茶之後，偶爾會好奇地想知道他喝了什麼茶，有什麼感想。比起以前好像有一點講究的樣子了。這個改變是非常地緩慢。養成喝茶的習慣和只喝某一種茶的習慣都不是容易的事。飯後喝一杯熱茶讓人有通體舒暢的感覺。朋友知道我們是賣茶人家之後，就鼓勵我動筆，把茶葉的故事寫下，留給後人。自己想一想也對，我已進入該把故事留下的年紀了。過去六十年的記憶猶新，那麼就讓我從一袋包種茶或茉莉花茶的興衰歷程，來回顧台北大稻埕茶商是如何度過這一甲子的歲月。

中日甲午戰爭導致一八九五年日本人開始統治台灣。這一年也是台灣茶葉外銷英美的最高峰。台灣北部茶山製作的茶葉漸漸地從供應英美轉向台灣本土和中國大陸。茶樹從中國大陸移植台灣已有一百五十年之久，清茶一直是指台北文山地區製作的包種茶。清茶的特色是輕發酵，味道清香，茶色淺黃。烤火重一點就叫作小種茶。這是七八十年前台灣島內最多人喝的茶，其他比較少數人喝文山地區以外的茶，譬如紅茶，綠茶，龍井，香片，碧螺春等等。

一九四九年的一陣兵慌馬亂過後，大批軍民移進台灣。等日子漸漸安定下來，晚餐後有一杯熱茶的小小心願慢慢地浮出心頭。茉莉花茶泡在玻璃杯裏，讓人凝視著小小的花朵，在茶湯裏浮潛，仿佛聞到故土的芬芳。喝茉莉花茶的人士穩定地增加。因為絕大多數的花茶是從茉莉花薰製出來的，所以簡化稱之花茶或香片。

在此同時品質優良的凍頂烏龍茶在中部山區漸露頭角，卻也很難改變飲茶人的口味。北部人喝慣了清茶，對小鐵筒裏的凍頂茶還是視若無睹。直到一九七〇年代，在南投政府大力推廣之下，轉移了大家的口味。明顯地，中部的高山茶漸漸地取代了清茶和香片，成為台灣人主要的茶飲。茶園從凍頂山向海拔高的山區擴展，正是所謂的篳路藍縷，以啟山林。繁華的大台北緊鄰文山地區，吸走茶山的勞力人口。青壯年人待不住鄉下，讓原本就萎縮的清茶市場如雪上加霜。有趣的是北部的清茶和中部的高山茶像是一對迎神隊伍裏的七爺和八爺。七爺短小呈圓球型像高山茶，八爺身材細長，四肢鬆散像文山包種茶。買茶自己泡茶喝沒問題，買茶裝盒子送人時才知道兩者同重同價格，用的盒子卻大小懸殊。每一種茶葉密度大不相同。這是新聘來的員工第一天上班就要知道的常識。否則裝起袋子，盒子，忽大忽小，眼花繚亂。

小時候在大稻埕逛街，經過茶行時總是好奇地伸長脖子看看，裏面的人在幹些什麼事。往往沒看到有人在做什麼。光線暗淡，安靜無聲是我長久不變的印象。同理，我也好奇地想知道別人怎麼看我們這個百年老店？在我看得到的六十年歲月，我們的變化和整個大稻埕一樣，步調都是非常地緩慢。一個在這個地段長大的孩子，很可能就在此守著一個不變的行業，終老一生。一家百年老店總要出幾個掌門人。一大清早起來開大門迎進晨曦，夜晚送走最後的一位客人再闔上大門。至少一個甲子以來我們的營業時間沒變，早上七點半開門，晚上九點打烊。

這麼早的營業時間還是沒能滿足一位來自鶯歌的茶農。這位留著仁丹白鬍子的老先生，每個夏日清晨固定搭上六點整的第一班公路局的班車，在茶行開門前就到了。這時爸爸就會將茶行鐵門拉開一半，讓他將拎在手中的十斤茶葉先賣掉。賣好後，還有一點時間就留在院子裏翻翻早報，再到西站搭巴士回家吃早餐。早晨空氣新鮮，老先生有時興致一來，打一段太極拳才回家。爸爸也趁媽媽打點早餐之際，灑掃庭除。準備迎接來買茶葉的顧客和夏天才會出現賣茶葉給我們的茶農。

半個世紀前的茶葉市場是這樣的。茶農種茶，採茶和製茶，再把茶直接賣給茶商茶行。如果間接賣給茶販，茶農沒有馬上拿到錢。他要等到茶販賣了茶，才有錢可拿。茶販手上有好多戶農家的茶，每一袋裏的品質他瞭如指掌，如何七拼八湊賣出去，是他的工作。他需要知道買方是何許人也，懂得大盤商或茶商的喜好和需求。加上一口三寸不爛之舌，茶販就可以遊走在各家茶行之間，做起無本生意。他不是仲介，因為他還沒付錢給賣茶給他的茶農。當年茶葉從製造到消費者手上，可能經過多層經手從中剝削，加上茶行本身一些敗壞的風俗陋規，比如偷斤兩，調換茶包，開長期支票，布袋內藏石塊加重等等。

怎麼稱呼經營茶葉生產者呢？茶農，茶販，茶商都好。茶農可以選擇將茶葉賣給當地的茶販，省去一趟進出台北的時間和費用。或者茶商下鄉收購完全乾燥過的茶葉。當年從台北市郊的產茶區搭乘公路局的班車進城，最後都在台北火車站旁的西站下車。這些來自包括石碇，坪林，新店，三峽，土城等地區的茶農下車後，勤勞刻苦的人揹著一袋或用扁擔挑著兩袋茶葉，走路繞道北門，繞過招牌特大的生生皮鞋店，到大稻埕一帶的茶行賣掉他們的茶。這些茶包括我們今天喝到的文山包種茶和現在已不容易喝到的台灣龍井茶，以及其他數量較少有的球綠茶，白毫烏龍或碧螺春。

跨過鐵軌進入熱鬧的太平町。鐵軌還沒地下化之前，有時正在換軌的燒煤火車頭，會開到平交道上來，擋下所有想越過平交道的汽車。小時候難得看到火車頭，被擋下正好可以把雄赳赳氣昂昂的火車頭，看得過癮。厚重的車頭，烏鴉鴉的，冒著蒸汽，嗚地一聲長鳴。我非常喜歡這麼雄壯的怒吼聲，力氣十足，精神飽滿，正在整裝待發。讓我遐想著，等我長大，它將載我飛馳在南台灣的大平原上，讓我仔細地看看這一片生養我們的稻香大地。

從台北西站走路到我們的林華泰茶行約要二十分鐘，不很遠。但是在春夏兩個茶季，日頭赤炎炎，還要扛三四十斤的茶，真是要命。

幸好整個大稻埕的街道都留有騎樓，讓行人走路有遮陽避雨的地方。扛挑揹的姿勢有別，扛茶包將茶包重心置於肩膀之上，挑兩袋茶就要借重竹竿了。在鄉下出門前到竹子林去，選一根大小合適的竹子，去頭去尾就可上路了。賣好了茶就把竹竿留下，只帶著空茶袋回家。竹棍在鄉下不怕缺貨的。

隨著整個社會進步，鄉下人開始在台北西站搭三輪車，輕輕鬆鬆地到林華泰茶行來。茶農和茶包各佔半輛三輪車，風風光光地，羨煞揹著茶包省下三塊錢的苦行僧。也讓眾目睽睽之下享受三輪車的茶農感到臉紅。台北西站的三輪車夫開始知道林華泰三個字是一家茶行的名字。到後來車夫看到帶茶包的鄉下人，只講茶行或華泰兩個字，就知道要去林華泰。車資三塊錢已是不必討價還價的共識了。等到車價漲到五塊錢，就開始遭到計程車競爭的壓力。當年在保安街和重慶北路交叉路口，今天家樂福這個角落，有一個三輪車的車站。印象中有四五輛三輪車。這些車夫都為人謙和，賣力地賺取他們自己踩出來的血汗錢。

曾有一個類似灰姑娘的美麗故事在這裏流傳著，這是真實的故事，我小時候，還常常看到這個令人欽佩的人物。有一回合會銀行急著找一位車夫為總經理的私用三輪車服務。就在這車站挑中一位勤勞的車夫去上班。幾年後被升為坐辦公室的行員，不用再踩三輪車了。他為人非常客氣，每次為公務到茶行來，我們跟他點一個頭打招呼，他還你點頭好幾個。雖然我輩份小年紀輕，也照樣對我行禮如儀。離開時，也必給在場每個人行深鞠躬大禮，雙手貼身，立正敬禮，同時堆起滿臉笑容。每次他一離開之後，爸媽總是要我向他學習這套待人的軟功夫。這位好好先生最後是在分行經理的位子上退休的。退休前上下班已有三輪車夫為他服務了。

現在家樂福這個角落以前是一個三輪車站，地方耆老應該還有印象，可是三輪車站旁有人在賣冰塊，就少人知道了。原來是個防空洞的小土丘被人用來儲存冰塊，一兩塊錢可買到半尺立方的冰塊，用草繩綁著拎回家。通常是家裏有人發高燒，需要碎冰塊，裝入冰袋，冰鎮額頭降溫。也是小孩子難得有機會口含一點點碎冰的時候。當年沒有人為了享受口腹之慾，花錢買冰塊的。

就在同一個十字路口，斜對面的街角是新中華酒家，豪華的裝潢是中西式合併。一走進在保安街上的大門，就是一尾開口朝天豎立的石雕大鯉魚，清水從魚口噴出。在那個節約救國的年代，新中華的排場露出一股令人不安的奢華，混著日本人沒帶走的和風，和從上海帶過來萎靡不振的格調。

這天是香港影星李麗華第一次到台灣來，深具政治意義。酒家門口掛的那幾串長長的鞭炮聲響多久呢？從點燃炮竹火花開始，家裏幾個小孩換上乾淨的衣褲，再走到街角，鞭炮還在劈劈啪啪沒放完。我是穿條短褲和一雙皮拖鞋，跟著大人趕到新中華去看影星。小孩混在人群裏，也沒人管，這一晚金吾不禁。就是這麼一次，我去過新中華，也就是今天的台北城大飯店。當年的新中華時代還接待了一位名人，就是日本首相岸信介，在此晚餐。

當時住在我們這附近的小男孩出門穿的是白色內衣褲，打赤腳。衣褲是美國人援助台灣所用的麵粉袋縫製成的。衣褲上還印有美援標記，中美國旗和一雙握手的圖案。這是當年一般人家小孩的穿著。當年這些穿著內褲到處跑的小孩子早已是台灣社會的中堅，享受到經濟成長的果實，現在已到了含飴弄孫的時候了。我們家境在當時還算不錯，屬於不應該跟別人爭著領麵粉奶粉的人家。那時候的小孩有木屐可穿，嫌不好穿就得打赤腳。當時塑膠還沒問世，穿的拖鞋多是皮製的。我是不打赤腳就穿木屐或拖鞋的小孩。

新中華酒家關閉多年之後，大華晚報和自立晚報先後在這裏印過報紙。水晶吊燈下不再是左摟右抱的男女賓客，而是一台既笨重又吵雜的印刷機。旁邊那隻石刻大鯉魚仍在，乾枯的水池變成員工使用的超級大烟灰缸和廢紙簍。報社也沒待很久。這個街角就陷入藏污納垢，行人避而遠之的棄樓。幾十年的陰晦歲月就在「那是姓葉有錢人家的房子」一語帶過。到十多年前改建成高樓大廈，同時也保存所剩不多具有巴洛克風格的外表。再經過幾度的讓手，造就了今天台北城旅館和星巴克咖啡店的地標。附近還跟過去一樣，五十年沒變，集結一群醫院診所和茶行茶莊。

那個時候的延平北路太平町，大白天人來人往，很容易就經過一家茶行或茶莊。店面大不裝飾，讓人以為到大店來買一點點茶不太好意思，這大概是茶行。店面光鮮，讓人覺得是不是買貴了，再加上包裝漂亮，讓人感覺買茶葉是要送禮的，這大概是茶莊。其實茶行或茶莊名字隨人取，對買茶給自己喝的人來說，管他的茶行茶莊，物美價廉就好。看到有人揹著一大袋茶走進去的，大概是茶農進去賣茶，會自稱茶行。

茶葉的買賣的活動多在早上完成，賣了茶下午就不必還留在熱呼呼的台北城內。爸爸鼓勵茶農趁午後露水初乾時趕回去採茶。清晨露水未乾，含在葉脈裏的水分過多，這水分終究要被趕出茶青，否則泡出茶水比較苦澀。有一回一位茶農對我說，「你老爸很厲害，我騙不過他，他知道我這個茶是早上採的。他聞得出來。」我笑著說這是陽光的味道。我功力不足聞不出來。

這是四十多年前的往事。當時台灣茶葉改良場場長，也是台大農藝系教授吳振鐸帶著我去鹿谷看看鹿谷鄉的製茶比賽。比賽當天早上十點，每一個參賽者，共約二十五人，領到十斤剛採下的茶青。當時天陰雲厚，陽光不強，由主審裁判吳教授先講解一些比賽注意事項。二十分鐘後教授講完，老天也開始下雨，而且越下越大，沒有要停的樣子。比賽大致是領到茶青之後，可利用茶場設備開始製作，第二天早上七點整交出作品。這是一個幾近二十四小時不眠不休的競賽。

早上九點評比開始，由吳教授帶頭的三人評審小組，仔細試飲茶湯，決定名次。茶葉比賽有很多種，譬如有一種是每一個人把你有的最好的產品拿出來比。這一次是比賽茶葉製作。起跑點一樣公平，同一批茶青，同一個天氣，同樣的設備和同樣的環境等等。

在回台北的火車上，吳教授說話了。第二名的茶是自己家裏帶來的，不是這裏發的茶青做出來的。教授的意思是在沒有陽光的日子就不該做出有陽光味道的茶。即使做得非常好，不能給他第一名。比賽進行時，有幾位來自鄰近鄉鎮公所或農會的人士求見吳教授，希望教授能到他們舉辦的茶葉比賽來當主審。吳教授說你們的參賽者都到別的地方買茶來參賽。這是大家都不否認的事實。可是沒有吳教授的參與就缺乏公信力，不能吸引人來。吳教授又點出這次有少數參賽的來賓晚上騎車回家拿已做好的茶葉來充數。教授整晚在旅館過夜，卻知道茶葉比賽的茶葉被換過。真是秀才不出門，能知天下事！通常聽一個人開口講話就知道是那裏的口音。茶像人一樣，帶著那一個山頭那一個海拔的味道，不好造假的。是不是聞得出來，那得要有一個好鼻子。不用說，爸爸是茶行老闆之中有名的好鼻師。

鼻子是用來鑑定是否有足夠香氣和味道的純正。舌頭也一樣，每一個人舌頭上味蕾的個數多寡可能大不相同，這兩個器官的重要是與生俱來的。爸爸在夏天旺季時每天買進來自各地的茶農可能達到六十個人之多。有些人按品質上下分裝兩袋來賣。因此，為了省時間爸爸放棄泡茶品茶，先問茶農要價多少錢一斤，漫天要價的人很多，爸爸都很鎮靜地很快的出價買茶。爸爸價格一出，就不再變動。茶農明知如此也要拖一陣子才賣。爸爸厲害之處就在茶農幾個小時之後再回來賣，仍會得到同一個價錢，騙不過他的。其他各種花樣，不一而足。茶農有時會考考你。你得對品質熟悉，經得起考驗。茶色墨綠，同一區同一季的茶葉雷同，農民手藝巧妙各有不同，價格自然會不一樣。老爸買茶買貴了或買得便宜，由市場買賣價格的軟硬，就會很快地反應回來。

這些文山茶因為要擠公路局的班車進台北，不能帶太多。桃竹苗地區就大不相同，經常是一兩輛卡車運來。這麼多的茶一個茶農應付不過來，需要大型製茶機器和幾個工人。茶廠主人坐在卡車司機旁押著三五十包細條包種茶到大稻埕來，這時就有仲介來和主人談價格等等。談好之後，仲介帶著一小袋樣品，飛上腳踏車到幾家會有興趣的茶行談談生意，談攏之後卡車就開到買主茶行那裏卸貨。卡車未到，三四個虎背熊腰的中壯年人脖子上掛著一條擦汗的毛巾，守候在茶行前。只有他們才能碰觸這些茶包。在還沒有工會組織的年頭，他們就是工會的幹部。在大稻埕的街頭巷尾你可要小心這些人了。不必等到粗話開口或看到檳榔滿口，你最好笑口先開，保持大稻埕商賈的風度。這些王哥柳哥能避就避，也不能太刻意地回避鬼神一般。卸完貨賣主領了大錢，付了搬運工和仲介的錢。賣主愉快地搭上空卡車回家去了。

在我小學時的大稻埕並不安寧，在街頭或私宅看到武士刀也有好幾回，其中兩次是刀鋒出鞘，閃閃發亮，追人砍殺。被追的人奪命而逃。刀光劍影，驚嚇路人，或許達到威赫目的，也怕過分張揚，引來官警，在同夥勸退之下，也就到此打住。小學時到同學家看武士刀是和幾個同學私下去的課外活動。大稻埕和台北橋一帶是龍蛇雜處的是非之地。學生家長也會為小孩打架而大動干戈。

六年級時在教室裏和我共用一張書桌的同學是個獨行俠，母親去世不久，與父親相依為命，父親為三餐奔波，鮮少管他。我是樂意聽他傾訴心聲的同學，也是能幫他守口保密的同學。有一天一個不知趣的同學惹了這位有仇必報的復仇者。他兩天之內磨出一把尖利的扁鑽，藏在書包裏，伺機報復。我感到事態嚴重，一面勸導，一面撫慰情緒，將問題化解掉了。關懷是解決問題的重心。要是由導師和校方來查辦這件事，恐怕成事不足，換來「現在的學生真不像話」

的無益對話。半個世紀以來我非常懷念這位有著非常不一樣人生的小學同窗。

大稻埕有時也真是個有趣的地方。剛上小學時一位長相可愛又愛說話的同學說，他有三個媽媽，家裏兄弟姐妹包括他六個男孩和六個女孩，總共一打十二個孩子，哪幾個哥哥或姐姐是同一個媽媽，他如數家珍一點也不含糊。大稻埕商賈從小就很精明的。

錢太太是買賣房屋的仲介，本行以外也做婚姻的仲介，也就是媒婆。大稻埕人口稠密，商家雲集，八卦特多。錢太太串門子大街小巷走多了。開始注意到在這裏走動的適婚男女。那個時候青年男女真沒有什麼機會互相認識，民風保守，男女生都膽小閉塞。中學生辦小學同學會的聚會已是最先進的團體活動。上了高中大學有了救國團辦活動，救救心中小鹿噗噗跳的寂寞青少年。大稻埕的商家子弟一有假日和寒暑假就要在家當店員，販售各種藥材南北貨。生意是從早到晚都開敞著大門，實在沒有多少時間管這些男女情事。連這麼單純的活動都還意態闌珊，裹足不前，只好等著錢太太來解決。錢太太無事不登三寶殿，像我們家六個小孩要兩年推銷一個，夠她忙了。那時候很少人家有電話，為安排一個約會，靠兩條腿來來往往聯絡雙方，真會累壞人。印象中她每次來都和媽媽小聲聊天，深怕泄漏天機，惹火屢戰屢敗的男女。

譬如店家甲的千金被店乙的兒子搖搖頭拒絕了，店甲當然忍氣吞聲，記恨在心。要是店乙泄漏消息，這就火上加油了。大稻埕是錢莊所在，門當戶對很重要。錢太太會警告雙方，不乏婚姻不成功的例子。

大稻埕商家很多都有店面，錢太太鼓勵男方派人買麵包，看看麵包店的千金是否脾氣好，待人誠懇。錢太太也會作弊，泄漏考題，暗示男方會來買麵包，女方可適度淡妝，面帶笑容。我人在國外，回國也沒向錢太太報到，陰錯陽差，錯失這麼有趣的相親良機。姻緣天注定，差一點我現在可能是迪化街某某布莊某大財團的接班女婿。今年初到老家附近的小吃店和一位女士拼桌吃麵，正覺得面熟，這位女士一眼看出我是華泰茶行的人，還說當年錢太太要安排我們一起喝咖啡。我想起來了，她是太平町藥材房的小女兒。咖啡來不及喝，第二天我就上飛機回美國念書去了。當年媒婆亂點鴛鴦，速配沒有成功，四十載之後霧散雲消，空留茶餘飯後笑話。

紅線萬里牽，婚事問神仙，門戶豈當對，命運見青天。

當年的波麗路是大稻埕有名的西餐廳，也是相親重地。每天入夜以後，路過看到裏面有男女服裝正式，正襟危坐，不禁莞爾。林華泰也是大稻埕歷史悠久的商家，我沒上波麗路喝咖啡，讓月老錢太指點迷津，實不無遺憾。我和太太雖是大學同校，嚴格地講這不是一個門當戶對的婚姻。我的門當戶對是大稻埕的南北貨，藥材行之類的開門七件事，柴米油鹽醬醋茶的人家。假如當年選擇了門當戶對，我身上衣服的氣味將不會只是烏龍香片而已，會多出五香八角，甚至人參當歸等等。香片有五香味，也真糟糕。這種門當戶對能速配嗎？

農曆五月十三是大稻埕一年一度的大拜拜，霞海城隍爺過生日的大日子。家家戶戶都在辦酒席宴請親朋好友，不請自來的人越來越多，到後來連陌生人也不客氣地霸佔酒席，因為大家都聽說酒席的空位歡迎你填上去。可惜人心不古，該來的不來，劣幣驅逐良幣。現在大拜拜早已退化成老闆請員工吃飯的酒席。更進一步以鈔票取代了。員工拿錢自己在外吃喝一頓了事。當年迎神的隊伍從下午一點到四點繞遍大稻埕主要街道。部分地區不讓車輛進入，只剩行人可以進出，男女老少在烈日下看熱鬧。鑼鼓喧天響遍街頭巷尾，七爺八爺搖擺煊赫揚威。堅稱沒醉的饕餮客，坐在地上有成打的啤酒作陪，不必為他們明天何處去而煩惱！我們從來就不知道這些醉客怎麼在半夜不見的。

茶行茶香飄逸滿門，行人止步吸氣三聞。久居茉莉茶香之室，我真不知夾克外套也沾有濃濃的茶香。茶行或多或少設有一些烘培地洞烘茶。當時我們有一間大暖房，地面有三十多個三尺寬的圓地洞，結構以磚頭砌成。內有木炭燒著文火。竹製的培籠內置有茶葉，放在火坑上慢慢烘培。台北的嚴冬既溼又冷，躲在充滿茶香的暖房裏，談天喝茶說笑，人間天堂不過如此。烘茶是終年不休，悶熱的夏日亦如此。

夏天是產茶的旺季。茶農將帶來的半成品裝在布袋裏。排隊等著爸爸來看貨。茶農把帶來的茶葉移至爸爸的面前打開茶袋。爸爸左手拿著木製茶盤，右手伸進茶袋取樣，抓出一把茶葉放在茶盤上。用眼睛檢視該有的條狀結構，用鼻聞檢查是否有足夠的香氣。一般人看熱鬧，只知道鼻到眼到，沒料到經過手掌的接觸，爸爸收到了茶葉傳來的訊息包括溼度，茶末和茶梗的多寡，和枝條的結實。在場的旁觀者是否也得到同樣的感覺？同樣的秘密？抓出一把茶葉的簡單動作也暗藏玄機。不經過數十年天天與茶葉琢磨的功夫，那來有這個心得？爸爸左手拿的木茶盤，天天讓右手來抓茶葉，有如鐵杵磨成綉花針，木盤中間凹下去了。

喝茶的消費者在很早以前就知道，茶好喝是葉片泡出來，而不是茶梗的功勞。所以欲除之而後快。於是找來一些年紀大的女工，不需有特殊手藝，用手工挑開茶梗。經過揀過的茶葉，一看就知精緻不俗，好不好喝其次，好看就有好賣相。因此每天到我們茶行來做揀茶工作的女工少則十來個，多則四五十人。每個人工作效率不同，但都非常勤奮。當大家埋頭安靜工作的時候，就有資深的女員工講些廖添丁的傳奇或三國演義等等，打發時間。揀茶是必要的製茶的步驟嗎？答案是見仁見智。現代人願意多花錢喝特好的高級茶葉，是個人追求享受的不同，個人高興就好。

物換星移時光來到上個世紀七〇年代，台灣經濟開始蓬勃起來，高樓大廈一一突出大都市的天空。農地一塊接一塊地被建商收購。茶農在山坡地種茶，這種斜坡地不適合蓋房子。反之，茉莉花農就在都市邊緣的平地上種花。經過一天整地就可以開始蓋房子了。

茉莉花園消失的速度驚人，喝香片人口的凋零也一去不返。消費和生產同時驟減。不出幾年茉莉花在北部的產量幾乎掛零。只好求助於彰化花農，天天北送茉莉。老爸經常為了兩三袋茉莉，望穿秋水，過了午夜還見不到茉莉快遞那輛小貨卡。值班師傅早就準備好幾簍有待花薰的茶葉，大家都不眠不休，等待摘下過久而漲大的小白花。

茉莉在夏季盛開，花瓣大，運到茶行時已過了盛開的時辰，花瓣過度擴張。加上運輸途中被悶壞，容易變味。夏天是西北雨季，常常是運到茶行時，袋子濕淋淋的。花農也樂於賺到雨水的重量。也有花農沒遇上雨水，卻藉著附近下雨，將乾花灌水加重。老爸信任花農，濕淋淋的花價和乾花同價，不扣錢。正直誠實的人沒賺到水重。灌水花農會有幾天的良心不安。

盛夏花多香氣也多，八點不到茉莉就堆滿薰花用的場地。小時候，我和弟弟兩人吃完晚餐，洗好澡。常常趁爸爸不注意時，兩人埋進花堆裏，躺著不動。有時互相加上更多花在身上，蓋得滿滿的花朵，好玩嗎！想起童年時的花海，我們真是幸運生長在那麼有趣的環境，茉莉花的香味我們太熟悉了。茶包也是我們玩捉迷藏的好地方，躲躲藏藏沒關係，爬到茶包上會壓碎茶葉是不允許的。最耐壓的茶當然是紅茶了。它的比重大，因為葉片早已被切碎。花茶為了要吸收茉莉的花香，葉片也被切短。

這篇文章談到百年來台茶的發展，免不了提到大稻埕這個茶文化中心的變遷。雖然我個人的貢獻有限，杯水車薪，但沒有小人物的小步累積，誰又能看到多少時代的巨變呢？

花團錦簇夢留長木

這不就是我們的花園了嗎？

一個人生或多或少會有幾個夢想，不是那麼遙遠不可及，就在身邊不遠，只要努力追求，夢是可以成真的。可是美夢成真經常是煩惱的開始。花園是人人都想擁有的一個小天地。一盆花草放在窗台上就是一個最小的花園。給你一個花園，你喜歡的大小，如何？真不錯。可是在生活百忙之中，要維護一個美麗的花園，辦得到嗎？那麼換成給你幾百畝地的長木花園，並配備該有的人力物力，又如何？我知道你還是不會要的。每天喝兩杯牛奶也不必去養一頭牛。

自從到費城住下讀書，市郊的長木花園成了週末散心的好去處。去的次數多了，就熟悉花園的每一個角落和眾多的花草樹木。漸漸地對園內每一棵植物的感覺就像養在自己陽台上的花盆，視為己出。在長木有園丁細心又專業的照顧，每一個花草都活得生意盎然。看著義工愉快地工作，自己越來越羨慕那裏不辭辛苦工作的義工。已退休的朋友李氏夫婦向花園當局請纓當義工，園方還請他們耐心排隊，一年之後或許會有空位讓出來。

隨著四季的轉換，二十四節氣的輪替，花草應時應景上陣，連常常造訪的賓客也都覺得園方用心良苦，讓花圃保持著新鮮不膩，引人入勝。一九八四這一年我們買了年票，一家人可以無次數限制地造訪。這不就是我們的花園了嗎？那一年去了三十來次，有幾次是禮拜六去了，隔天禮拜天又去。住在費城，長木花園是開車四十分鐘的地方，座落在賓州境內，靠近第勞瓦州邊界。附近

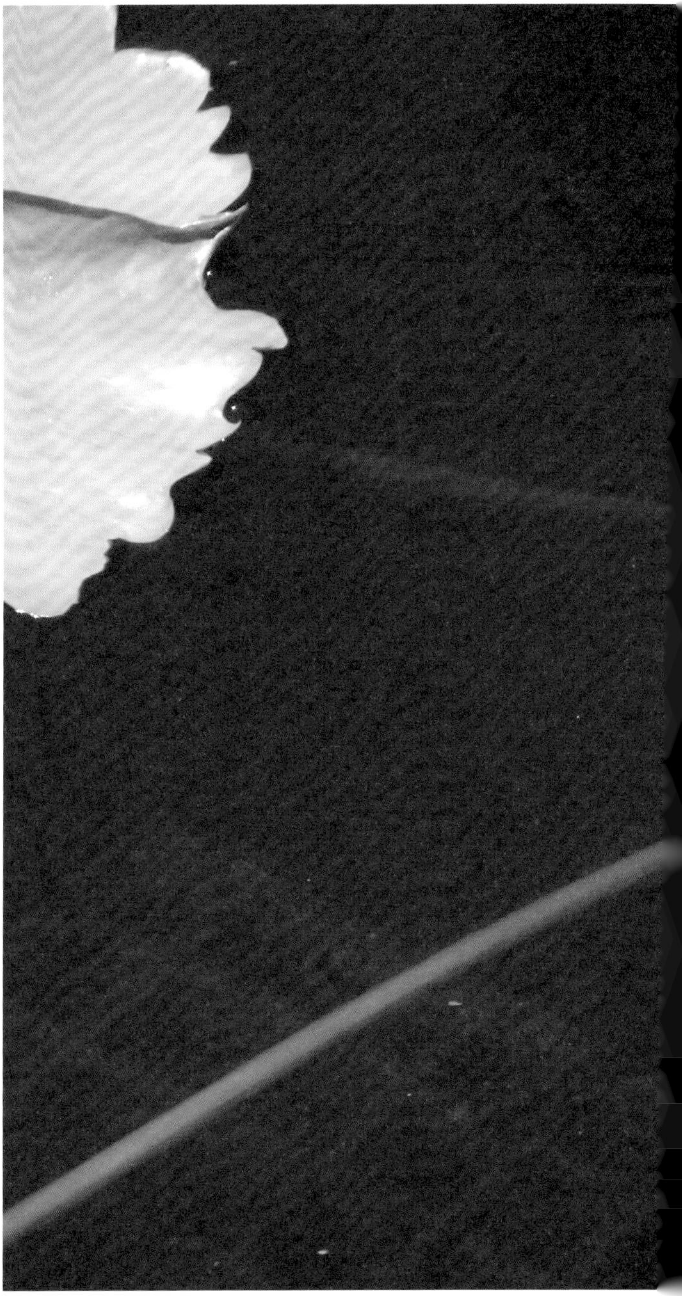

初秋盛開的蓮花，
是手繪的嗎？

化學公司林立，來自法國的杜邦家族就在此落地生根。長木花園就是他們家的花園。現在由財團法人來管理。這樣子的花園就搞不清是誰家的了。我相信，雖然我不姓杜邦，但是我享用這個花園不少於他們家族的成員。

離開賓大之前我有一個夢。假如畢業後能在附近找到工作，我就可以就近買房子，做花園的鄰居。可惜事與願違，夢想沒有成真。近年來過著半退休的日子，卻沒有搬家的勇氣了。可是把長木當成自家花園的想法又漸漸地回來了。二〇一九年又買了年票，現在又回到賞花散心的日子。三十多年前那種當主人的感覺也回來了，只是不像年輕時那麼方便，現在要花一個半小時一趟的車程。

很多人愛瀟灑，常說人生不為什麼，只為一個 kimoji，日語，一個稱心如意的感覺。平常過日子不都是在追求一個接一個的感覺嗎？就是 kimoji 啦，台灣人喜歡用這個字，聽起來很豪爽！很阿莎力。把長木花園當林家花園，這個 kimoji 也不錯。

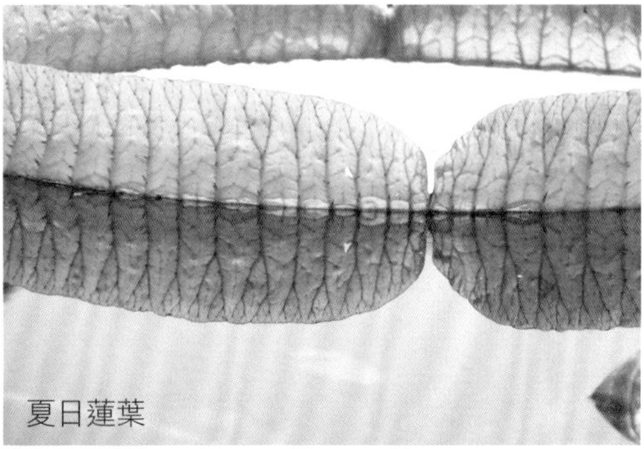

夏日蓮葉

難得一見的燈籠花

長木冬夜

長木華麗的噴泉

爭奇鬥艷歌劇院

看歌劇用眼睛和耳朵，干鞋底事？腳爽就好。

到歌劇院欣賞歌劇，是一件令人心曠神怡，賞心悅目的事。早一點到達劇院，靜下心來坐著，抬頭看看星辰式樣的水晶吊燈。這是紐約大都會歌劇院特有的活動吊燈，已形成劇院的標幟。有時間還可以走到前面看看交響團升火待發的景象，喇叭手隨意吹一小段即將演出的主旋律，活絡一下他的十指和我們的雙耳，也像是向觀眾預告下一幕是哪個旋律當家做主一般。眾人坐定，星辰水晶吊燈徐徐向上往屋頂收去，劇院也就暗淡下來，只等待樂團指揮的出現，觀眾拍手歡迎，指揮也低頭感謝捧場。隨即一轉身，像是啟動一列高速快車似地展開序曲的演奏。

在此同時，另有些少數人趕不上時間的觀眾，心急如焚。年紀大的觀眾，還是安全第一，不急不徐地趕著入場。位於紐約林肯中心的大都會歌劇院，距離門前的百老匯大道約有百米長，就常有女生追男生的賽跑戲可看。時間是晚上八點整，通常晚間歌劇開演的時間，男士拔腿狂奔，女士氣急敗壞，左手撩起晚禮服，右手抓著高跟鞋，帶著老娘跟你拼了的狠勁，讓圈在脖子上的絲巾隨風飄起，飛入劇院。窈窕飛毛腿，君子好逑哉？

皇天不負苦心人，拼命往往是值得的。劇院終究不和你計較三兩分鐘，這寶貴的幾分鐘可要珍惜。要有不到黃河心不死的決心，撐到進入席位的紅門為止，晚五分鐘閉門開演也是常有的事。要是在紅門關閉以後，你才姍姍來到。

位於紐約林肯中心的大都會歌劇院，規模節目稱霸全球。時間是晚上七點半，還有半小時就開演了。看歌劇的觀眾漸漸地朝著大門靠攏，內心充滿愉悅的期待。一張歌劇入場券是動用多少人馬辛苦完成的？

劇院的工作人員看你在門外繞門三匝，無枝可棲。他也愛莫能助，就帶你到小電影室去，看

劇院裏的現場實況轉播，直到舞台幕落，第一幕結束才饒了你。還有誰在意今夜哪一件晚禮服是在夜色昏暗裏飛奔來的？非常少數的歌劇是只有一幕的，遲到視同缺席。紅門再開時，湧出來的是回家的人潮。來遲了別氣餒，過去的經驗裏，這種獨幕歌劇會晚一點開始的。加油！

多數歌劇只休息一次，但是休息兩次也不罕見。這時除了看看介紹歌劇的小冊子之外，女人自然是男人觀賞的對象。歌劇院內的女人有那麼好看嗎？那倒未必。原因是不論男女，等到有錢有閒上歌劇院時，人已飽歷風霜，不再青春了。但是為了想爭回一點逝去的歲月，女人花錢費時整治自己的氣力，爭奇鬥艷的企圖心，依然旺盛感人。雖然漂亮的女人不多，但是值得一看的高雅女士和時裝衣著還是不少呢！

誰都知道上歌劇院的穿著是不可以隨隨便便，馬馬虎虎的。看過電影裏描寫歌劇院內的男女賓客個個衣著華麗，風度翩翩，可嚇壞了我們這些升斗小民。翻箱倒櫃也找不出一件像

著名男高音多明哥近年從事樂團指揮的工作。演完阿依達，上台謝幕。

電影裏的那種衣服，卻開始懷疑起來，有必要擺出這個仗陣嗎？看他們真是不食人間煙火，否則穿得那副樣子要怎麼大碗喝湯、大口吃肉呢？看歌劇，大概是下輩子的事了。沒想到風水輪流轉，有錢就是貴族的時代來了。

貴族兩個字的現代新義，就是用比較昂貴名牌貨的那一族人。名牌裝飾有錢就買得到，好像連傳統的貴族氣息也可以隨著禮服皮包一起打包買回家。在速食快餐的時代，到名牌店添置行頭，第二天就可著裝上陣。名牌特有的標記花色看似默默不語，卻很強勢地向劇院內周遭的觀眾宣告，「我來，我見，我征服。」不錯，這一身名牌打造的光鮮亮麗，比起現在一般穿著的水準是高一檔。但要憑著這種制式的美感來征服人心卻還力有未逮。很顯然地，標記和代表廠牌的花色只能抵達人們的眼底，再也無法進一步穿入腦殼進入記憶體。這種在紐約一出門就能看到幾件式樣花色雷同的時尚名牌，要教人如何驚艷呢？所以制服式的名牌貨不是我們想看的目標，那種衣服沒有比台北一女中的綠制服出色。至於更高檔的設計師作品，就得看個人造化了。沒有名牌特有的花樣，沒有包袱，也就沒有起碼的粉絲，但是至少做工和質料之精緻不在話下。衣服主人的風采，衣服本身的特色和觀眾的鑑賞力，在在通力合作才不枉費設計師的心血和主人的銀兩。這才是我們眼觀四方的目標。

事實上，想看有趣的名牌，努力一點在觀眾席裏就找得到。有一位已退休著名女高音，坐在我的左前方，穿著整潔樸素，態度和藹可親，對著每一位前來打招呼的歌迷都笑臉迎人，她腳上穿的是一雙看似極舒適的球鞋。她的專業地位讓那雙極為平凡的球鞋給人平易近人的好印象，穿在一般觀眾腳上就嫌草率了。

另一回有一位年輕新起的男高音，穿著黑皮衣，沒打領帶，很低調地坐在我的前面，只有很少觀眾認得出來，請他簽名。一個禮拜前我還看他在台上風趣地主唱「理髮師」裏的伯爵角色。我們看的這場是帕華洛帝（Pavarotti）唱的「托斯卡」（Tosca），是帕叔最後一次在紐約演出。翌日歡送帕叔的酒會就是由這位年輕的黑衣郎代表唱歌送別，他的音質清脆直追帕叔。在歌劇院內這才是如假包換的名牌，當舞台上的巨星隱跡凡間，就落在你我之間，多教歌迷興奮！

最近的一次遇到名人是在中場休息時，一回頭竟然是那幾天的新聞人物，由紐約股票交易所總裁臨危授命轉任某大公司總裁，穿的西裝就是白天上電視接受訪問時穿的那一套。歌劇院內觀眾席中不少臥虎藏龍，各領一方風騷，名牌就寫在臉龐眉目之間，是我們熟稔的。

有一個年輕人利用休息時刻，手握一把鮮花，藏在背後，走向劇院走道上聊天的人群。突然下跪，捧著花束，對著被驚嚇到的女友求婚。劇院裏的掌聲如同燃燒的野火一般，很快地從女友附近的人群散開，聽到掌聲的人紛紛探頭看個究竟後，也加入掌聲，整個劇院變得熱熱鬧鬧，喜氣洋洋。

破綻可以是一個既美麗又詼諧的逗點。當水晶吊燈徐徐升高，光線暗淡下來的時刻，全場安靜默默地等待著。就在指揮出現的剎那，一位決定放縱自己的大聲公，忍不住鼻梁裏的一絲癢意，哈啾一聲震天下。驚嚇了正要上台而不知所措的樂團指揮，讓他裹足不前。斗膽放肆這個大聲公，卻也贏得一片掌聲。假幽默，真造反。像似歌劇院裏的一個春雷驚蟄，一個新時代的開始，風起雲湧，革命了！觀眾不再忍氣吞聲。還給我一個打噴嚏的自由吧！

一旦指揮啟動了整個樂團，就不輕

易喊停。九〇年初男高音帕華洛帝在台上唱他拿手的杜蘭朵公主，這位超重量級的歌手從舞台上高高的宮殿走下來，唱唱停停，停停走走，最後一點斜坡時，帕叔不慎摔得四腳朝天，指揮不叫停，音樂繼續。多虧也是噸位不輸帕叔的杜蘭朵公主在旁，一隻手用力就把帕叔提起來。王子及時站好接著唱下去。哇！公主救王子，故事改寫了歷史，讓我們有一個更了不起的杜蘭朵公主。歌劇沒被熱心觀眾的掌聲打斷，沒有人給掌聲，真不簡單。很多觀眾都知道帕叔的腿骨前一兩年動過手術，真為他捏把冷汗。一齣歌劇的演出是多麼不容易啊！

近年來在紐約大都會歌劇院裏，觀眾的穿著是每況愈下。愈來愈多人到歌劇院是清清楚楚地為看歌劇而來，大可不必為穿著打扮而操心煩惱。過去刻意裝扮的人也就樂得隨波逐流，穿得輕鬆起來。以男士而言，很多人已不打領帶了。女士穿上晚禮服搖擺而來也很少了。只有在季首季尾的大戲，選在週末的晚上，觀眾才需提高警覺，嚴陣以待。

這個以慈善之名而演出的歌劇，陣容特強，各個角色都是一時之選。當然觀眾得付出平常數倍的票價。為歌劇著迷的普羅大眾不會在這個時候來為難自己的阮囊。這個夜晚上乘的時裝傾巢而出，看歌劇為主，看時裝為輔，反之亦可。仔細品味，總會有幾套時裝讓人驚艷，久久難忘。連衣服主人的驕媚也一併收入腦海裏。有趣的是有移民背景的人士，掏出壓箱寶物，出奇致勝。上等的華人旗袍，日本和服，印度紗麗就不是平常看得到的那種貨色。質料金碧輝煌，手工精緻無比，令人刮目相看。西洋露肩的晚禮服，多數是穿在年輕女士的身上，身旁的男士卻不會是個年輕的小伙子，而像是事業有成的大款。年輕男士在歌劇院裏原本就人少，穿著也隨便。在歐洲歌劇院裏的年輕人很多穿著中規中矩的三件式西裝，雖然讓人覺得有些拘謹，但也顯示他們對這個傳統的藝術仍有一份珍惜與尊重。

盛裝預演是穿上戲服的預演。假如台下的觀眾也跟著盛裝而來，那就表錯情了。觀眾衣著的標準是隨意即可。預演的來賓通常是不必上班的長者和大小不等的學生，由老師帶隊前來。看預演也要憑票入場。這種門票的取得，有賴平日對歌劇院的捐款表現。捐款是拿到免費預演門票的管道之一。我近年來每一季都拿到兩場兩個人四個座位的票。上演前歌劇院大門外，有少數人找人要票或找人送票等等。多數預演是在早上十點到十一點之間開場，第一幕結束時正好是午餐時刻。多數人的午餐是早上在家裏準備好的三明治。沒料到夜間晚禮服穿梭的地方，此時是大家席地而坐的野餐區。既是野餐，穿著牛仔褲來看預演誰曰不宜？在歌劇院看戲的座位是不准吃食物的。初來者看不慣，在歌劇院裏坐在地上吃東西，等到找不到地面的位子，就會發現樓梯的臺階是上等座位，最像坐椅子。歌劇的休息時間不論預演與否，都讓人帶著票出場透氣休息，再憑票進場。

至於來自紐約附近的學生是大都會歌劇院潛在的未來顧客，能免費看一場歌劇，真是好福氣。近十年來莫扎特所作的歌劇《魔笛》經過幾次的修改，更吸引學童來觀賞。它通常也會在聖誕節前後演出。

季票即每年九月到五月的年票，季票可有三到八場，豐簡隨人。配上各種周日週末的時段組合，各種座位區段的價格選擇。整體而言，很難讓人不滿意。再不行也可以換票來解決。大都會歌劇院人才濟濟，戰將如雲，同一部歌劇經常有兩隊人馬可以相互支援演出。演員因故缺席，歌劇院馬上調兵遣將，節目照常演出。

假如鄰座和你選擇相同的節目組合，這位先生或女士就很可能會和你長相左右數年之久，也免不了要白頭偕老。有位氣質高雅的女士，歌劇知識豐富，坐在右手邊，是個退休的音樂老師，幾年閑聊下來，聽來不少音樂家的野史八卦。有一次出乎意料來了一位年輕的少婦，坐下來之後，她自我介紹是音樂老師的媳婦。她悻悻地說，「我每次來都坐在邊遠的位子，今天婆婆對我特別好，請我坐這個好位子，還不是因為我快為她生孫子的關係。」

音樂老師的前面是一對土耳其裔的地產大亨夫婦。年輕的太太穿得珠光寶氣，中間休息時間是她的交際時間。歌劇進行時經常坐不住椅子，靜不下來。音樂老師是直接受害人，卻也保持風度忍耐再忍耐。歌劇進行時的干擾，真令人難以忍受。禮拜六白天場的季票看久了，原本不熟識的觀眾，也成點頭之交。我的華人長相，很容易被人認出。二十年的季票很少換座位，只坐過三個位子。

預演與正式演出差別不大。連謝幕也要預演。少數年輕歌手謝幕動作別具花招，也是個賣點。歌手可能為保留實力不傷及聲帶，不盡全力應付。劇院經理演出前會要求觀眾諒解。就連上場的馬匹也要盛裝，披上毛毯，戴上眼罩等等。阿依達和卡門是動用馬匹的熱鬧戲。有人說內行人看門道，外行人看熱鬧。內行外行，又何妨呢？只有少數預演演完時被指揮喊停，樂團留下練習，糾正。看得出來指揮是生氣了。這時很多觀眾趁機溜了。也有不少觀眾留下與樂團共赴國難。

西洋歌劇以紐約大都會歌劇院最具規模，同一齣歌劇演員多；樂團大，道具燈光也別具一格。多數歌劇院已無法自給自足，需要政府補貼。紐約還能撐住一片天，真不容易。近年來還透過現場直播，將歌劇轉播到全球各大都市。

回想年輕時相親，媒人要我留下一個許諾，答應帶人家去看歌劇，不能騙人喲！二十年一百六十多場的歲月過眼雲煙，太太近年來終於棄子投降了。想當年她的姐妹淘還對她說，他答應要帶你去看歌劇，好羅曼蒂克啊！管他喜劇或是悲劇，跨進歌劇院大門，就是羅曼蒂克，就可加分。我的羅曼蒂克猶存，卻也是白髮皤皤廉頗老矣。好看的戲碼重看三五回不嫌多，沉悶不好聽的歌劇遇上會打鼾的觀眾，才真糟糕！

在維也納的歌劇院裏遇到一個台灣來的觀光團，看歌劇是旅途的重要行程。團員都穿戴整齊，舉止得體，說話輕聲，出國花錢看看西洋文化裏的好東西，增長知識，放開眼光，讓人以台灣的家鄉為傲。有一回一個高壯的洋人穿著印有壽字的金色中國長袍，極像一座白金寶塔，相當惹眼。直覺地又讓人想起傳滿洲的樣子，或許這是他認知的東方禮服時尚，而不知道我們文化深處所講究的含蓄謙卑，我實在被東西文化的審美差距感到訝異。

但是讓我印象很深刻的是在九一一世貿大樓遭襲擊之後，美軍出兵伊拉克時，有一位年紀不小的金髮女士身著沙漠迷彩軍服，戴軍帽，穿軍用皮靴，帥氣十足。等大家都已就座，快開演之際，抬頭挺身快步地走進來，引起全場注目。比起代表歌舞昇平的晚禮服，應時應景太多了。這下子把我鄰座主戰派的猶太老律師逗得慷慨激昂，嘖嘖稱道。

上歌劇院該怎麼穿戴，越來越不是問題。但有些小地方仍要注意檢點才好。戴帽子看戲是讓坐在正後方的人很懊惱的事。就算不增加多少高度，帽沿就是會遮人視線。底樓椅子的設計是前排低向後漸漸升高，尺寸增長很慢，一般人無法超過前面的頭頂看出去。但是卻有足夠的空間讓你從前面兩個頭之間的空隙看到舞台的大部分。換句話說，歌劇進行中，一對情侶兩個頭隨興地相撞一下，就會苦了後面那位觀眾。一頂有帽沿的帽子可以干擾後面兩個人的視線，從幕起到幕落。留個高聳的雞窩頭可能會妨礙到兩排之後的那位觀眾，也應避免。其實這些小節對一個體貼別人，有教養的人士而言，只是一般的常識，一點也不是問題。

有一回在歌劇《秦始皇》開演之前，見到一位穿西裝的東方男士拿著一把檀香扇，猛搧自己。整個歌劇院就只有這麼一把出盡吃奶力的扇子。以往歌劇院沒有空調，貴婦人用象牙鏤花的扇子，輕輕地給自己一絲涼意，並將玉肌上的香水飄開，多醉人啊！要是用我小時候幫媽媽搧爐火那股猛勁，就太不斯文了。當歌劇《秦始皇》的作曲家譚盾雄心勃勃地說，要將中國的音樂融入西方的歌劇，就讓我想到這位會將京戲觀眾的豪邁不羈融入西方歌劇院的觀眾。不管你要融入什麼新鮮的東西，爭奇鬥艷也好，總不能和原有的東西格格不入，令人難以接受。歌劇觀眾的衣著舉止如此，歌劇本身更是如此。

歌劇《秦始皇》（The First Emperor）是由譚盾作曲，哈金作詞，張藝謀導演的。二〇〇六年年底在紐約首演。劇情是秦王滅了燕國，把精通音樂的幼年好友高漸離捉來，為秦國作頌歌。同時把岳陽公主許配給滅燕有功的大將軍王賁。偏偏下肢殘廢的公主喜歡上絕食誓死不為秦王作曲的高漸離。愛情的滋潤軟化了音樂家，獻了身的公主雙腿也突然能站起來。氣憤的秦王只好饒了不合作的高，但仍要他放棄公主來安撫大將軍。失去公主的高漸離最後以燕國百姓築長城所唱的悲歌交差，秦王一怒之下把他殺了，劇終。

這麼具有戲劇性的故事我們竟然從沒聽過。說是出自漢書，就是找不到這段哀怨纏綿的愛情。毫無疑問地，譚盾張藝謀兩位都是爭奇鬥艷的高手。盛名的男高音多明哥演秦始皇這個角色更是如虎添翼。主題是歌劇的根本骨幹。可惜，觀眾沒能哼它兩句主題走出歌劇院。說是秦腔也好，能讓人朗朗上口的歌才是好歌。我想這是《秦始皇》評價不高的主因。

歌劇要做到能讓人哼它兩句主題還真不多，至於做到可以朗朗上口的歌劇，就屈指可數了。《卡門》、《弄臣》、《茶花女》、《阿伊達》等等都有一兩段讓你洗澡時不唱不快。浴室裏瓷磚多，回音多，美化了自己的歌聲。所有的歌劇每一次的落幕，就有一次的如廁人潮。長長的男士排隊中，就會有內急不很急的業餘歌手即興地把剛聽到的一段，朗朗上口地與大家分享。通常是哼出來或吹口哨出來，不唱歌詞的。這個空氣混雜時刻，由老歌迷張三李四脫口而出，欲罷不能的，就是這些我們剛剛數出來的歌，讓歌劇膾炙人口永垂不朽的歌曲。所以歌劇院的休息室就是歌劇接受考驗的場所。歌迷哼著歌取代問卷調查。《秦始皇》演完時，男休息室一片寂靜，只剩小小的瀑布聲。沒人記得住一小段的曲子。

普契尼未完成的遺作，背景似中國非中國的歌劇《杜蘭朵公主》，成功地用中國的民謠〈茉莉花〉當主題。似乎是中國音樂第一次融入了西方的歌劇。一首膾炙人口的名曲〈今夜不眠〉更鞏固了這齣歌劇的歷史地位。另一齣深受喜歡的歌劇《蝴蝶夫人》，普契尼也在裏頭摻進了一小片小片的美國和日本國歌，讓戲裏薄情負心的海軍軍官具有十足的美國味。純中國背景的《秦始皇》可以依循《杜蘭朵公主》帶有〈茉莉花〉味道的模式進入西方的歌劇。作曲家可以選擇耳熟能詳的中國民謠有很多。哪一首可讓《秦始皇》搭個便車直通義大利或德國的歌劇殿堂呢？當然，很多作曲家不作興這種抄捷徑的創作。大概要等到個人創作力受到肯定之後，才好名正言順這麼做吧。

可是，主題音樂在哪裏呢？譬如有一家餐館要你做出一碗給中國人吃的牛肉麵。假如你是個洋厨師，雖然吃過一些牛肉麵，但還分不清裏頭的佐料，甚至還不能欣賞它的味道，如何能端出一碗味道不奇怪的牛肉麵呢？牛肉麵是給華人吃的，好不好吃華人說的算。同理，歌劇是洋人的東西，就聽聽紐約洋劇評的話吧。所幸好聽的音樂是沒有國界的，好聽的秦腔自然不乏知音的聽眾，不分華洋。只是歌劇不比牛肉麵，不花上三五載的功夫難以領受到它的精髓，沒有巨大的人力財力難以上台演出。當年莫扎特還領有一份皇家優渥的待遇，我們怎能寄望現代的作曲家閒來無事寫一部前途茫茫的歌劇呢。

至於哈金作的歌詞也寫得清淡些，沒讓哀怨千年的悲歌迴盪人心。歌詞寫得白話直述，寫在小說裏或許還可以。在歌劇裏我們就要求帶些詩趣，讓劇情進行得絲絲入扣，將該傳給觀眾的氛圍建立起來。或許，詩人比小說家更勝任這個任務。但是在華人圈子裏，要找一位最有能力駕馭英文的作家，大概非小說家哈金莫屬了。或許，中國熱熱昏了頭，中國背景的歌劇找華人來創作是起碼的條件嗎？雖然海外華人在各行各業已嶄露頭角，但是在歌劇院裏，華人聽眾仍相對地過少，少到屈指可數。華人社會自然不是歌劇創作方面一塊肥沃的土地，要蹦出作曲作詞家的幼苗，就很難了。

至於歌劇裏的詩意是什麼呢？我想到一個很簡單明顯的例子。又是名曲〈今夜不眠〉，歌曲雖短，卻詩意盎然。一句「我將在妳的嘴唇上告訴妳我的名字。」的歌詞裏，有了「在妳的嘴唇上」這六個字，清水變雞湯，暗示出喜劇的結局。也讓你知我知一旦講出名字之後，王子和公主會……。在腦海裏，我將看到公主嫵媚的眼角帶著淚水，晶瑩剔透，如露珠一般。雖然每位觀眾的腦子裏，看到的情境或許不同。但我相信這是一句十分鼓舞的話，短短六個字帶來的情境，讓人血液澎湃起來。這只是一個小地方，就能夠點起如此浪漫的熱情。以《秦始皇》裏的愛恨交錯，該愛的給愛，該恨的給恨，哈金該為愛為恨多加些潤滑油，將詩情注入歌劇的語言裏。

相反地，我們要張藝謀別太激情了，不需要將雙人床空降在舞台上，讓俗儈的動作坦蕩不遮地呈現在觀眾的眼前。歌劇的演出發展到非直接地，強烈地觸擊觀眾的感官不可時，我們不免要問，這是張導演慣有的爭奇鬥艷呢？還是江郎才盡時僅剩下的一帖猛藥？其實這也不是大都會歌劇院的新鮮事，近年來大都會裏新的作品有明顯的煽情趨勢。《秦始皇》的劇情正符合大都會的口味，戲就會這麼地演的，張導演善長的風與月絕對有推波助瀾的效果。

譚盾和哈金都是華人音樂文學的精英，也難免要錯失了這個難逢的機會。音樂家在這個時代是一個讓人擲筆三嘆的行業。在歌劇院裏經常是懂音樂的人坐在遙遠的後面，看熱鬧的門外漢坐前面的好位子。音樂老師坐後面，學生坐前面。這個世界不該是如此的。

時代在變，歌劇的製作也在變。有些歌劇現代化起來，演員穿起摩登時裝，背後的佈景燈光當然不能再古典了。這個源遠流長的表演藝術有待下一代的人傳承下去，年輕的戲迷高興怎麼穿，大概就是我們歌劇觀眾未來的穿著尺度。世事不也都是如此嗎？只是在歌劇院裏什麼事都會慢一點。你看，在滿座的歌劇院裏放眼望去不是一片銀海嗎？我這個黑髮歐吉桑還算是年輕有為的呢。

但願人長久，說不定等得到那麼一天，孫子要帶我去看歌劇。「阿公，現在沒有人穿皮鞋去看歌劇了。天氣這麼熱，我這雙最流行的夾腳拖鞋給你穿好了。」穿拖鞋看歌劇？真返老還童了。我們小時候就是穿拖鞋木屐去看台灣歌劇，歌仔戲的。

約十年前看到歐巴馬總統到夏威夷過聖誕節，穿著夾腳拖鞋排隊買冰吃的照片。我想，上行下效，穿拖鞋看歌劇的日子已不遠了。這也沒錯，拖鞋皮鞋，穿得舒服就是好鞋。看歌劇用眼睛和耳朵，干鞋底事？腳爽就好。

二〇二〇年在肺炎肆虐之下，全球經濟動亂，百業蕭條，歌劇的演出首當其衝。二〇到二一年這一季全數叫停取消。二一到二二這季才局部恢復演出。我雖然不是對歌劇的前途感到全然地絕望，但要是疫情拖延經濟過久，歌劇也可能就此絕響，在人間因此溘然而逝，進入歷史。加油啊，全人類！西洋古典歌劇歷經四五百年的努力經營，毀在三兩年的天災人禍，太可惜了。

雖然歌劇前途堪慮，我還在家繼續哼我的歌劇。最近找到一個不錯的聲樂老師，她人在肯德基州，我在新澤西州。師生儘管千里迢迢，隔著千山萬水。窮鄉因視訊的進步而能共享都會的新潮。疫情改變我們的生活習慣和文明，進步有時還是被逼迫出來的。嗜好也是隨時在改變著。現代人過日子真是越來越忙。這就幸福快樂嗎？

裊裊餘音在澳匈

機會是留給有準備的人。

今年春暖花開時，一群住在紐約的台大校友搭乘河輪，逆流而上多瑙河，從黑海河口，經羅馬尼亞，保加利亞，抵達匈牙利的首都布達佩斯。就在這個建築古色古香的歷史名城，我們早就安排好參觀歌劇院的行程。在歐洲歌劇院從建築的外觀到戲碼的內容就是一個都市文明的指標。雖然不是每一個城市都會都要擁有一棟傲人的歌劇院，但是一個富庶的社會沒有一個表演藝術的家，不論是新潮或是古典的，都是文明的缺憾。

澳洲過去一直被認為是

奧國皇帝走下這段階梯進入劇院大廳。現在沒有皇帝了，大廳又在裝修中，我們在階梯上席地而坐，聽一段歌劇素人的清唱，不亦樂乎。

一大片化外之地。英國人來了，不論是高興或不高興地遠來，文明的進展相當的緩慢。小時候對澳洲的印象是可憐的袋鼠鴕鳥在荒郊野地蹦蹦跳，沒有什麼有營養的食物可吃。自從在雪梨蓋了一座震撼人心的歌劇院，我心目中的袋鼠鴕鳥也變得可愛起來了。一下子就讓澳洲跳進了文明世界。

十年前我在澳洲參觀雪梨歌劇院時，劇院的導遊徵求在場來賓當場高歌一曲。當時蜀中無大將，我這個袋鼠鴕鳥級的歌手就自告奮勇唱了一段歌劇。雪梨歌劇院外觀摩登，以造型別緻聞名於世。我真想上場試試劇院的音響效果，也讓我的歌聲到一流的劇院接受一下考驗。那一天正好是澳洲的國慶日。回到家我在日記上寫下，某年某月某日澳洲國慶日我在雪梨歌劇院獨唱普契尼所作歌劇杜蘭朵公主，劇中韃靼王子所唱的今夜不眠。史實就是史實，不能增減一字。好友茅大哥會為我作證，強調他也在現場，親眼看到，親耳聽到。一般人會認為能在雪梨歌劇院歌唱演出，隱含達到一定的唱歌水準。有國慶日的天時，雪梨歌劇院的地利和茅大哥的人和，為我搏得一身虛名。索幸虛名往往是人類進步的動力，我本人即是如此。何況吹一點牛是可以容忍的玩笑。

這一回在匈牙利的布達佩斯，當我們的旅行團步入歌劇院時，看到這棟用華麗的大理石砌成的建築。我想著歌聲的回音會在大理石之間迴盪不止，真會讓人聽到所謂的餘音裊裊，這該會有多麼美麗的歌聲啊！

這個歌劇院是以富麗堂皇和音響效果馳名於世，令奧匈帝國首善的維也納歌劇院相形見絀，皇帝面上無光。這位出錢的奧國皇帝歌劇看半場就離開了。

假如到時像雪梨歌劇院一樣，導遊徵求在場的勇夫當眾高歌一曲。這時只要沒人反對，我當然會請纓上場。我邊走邊想，哪一首歌可以上場？莫扎特作曲的歌劇裏，費加洛數落年輕的小家僕那一段？多數人不很陌生，甚至還有似曾聽過的感覺，音域不高，清唱可以。就如此選定了。

機會經常是不請不來，更多時候是要人去創造一個量身訂做的機會。賴領隊是很擅長找機會的人，只要和他打聲招呼，我就放心。我的放心，就是寫在他額頭上的憂心，讓他憂心的是我像是在徒手走鋼索。有多少把握，我心裏有數。機會是留給有準備的人。其他一切就成事在天了。沒有伴奏的清唱，沒開嗓，沒練唱，連不出聲的走一遍歌詞也省下了。這個時候只有放鬆自己，注意一下起音的高低就可以了。

布城劇院有新招，歌手美聲迎賓到，
敢問老朽能歌否，名曲清唱以回報。

布達佩斯歌劇院的大廳正封起來裝修中，我們窺不得宮室之美。導遊讓我們坐在皇帝陛下走過的台階上。往下看正是大廳門口，形成一個小舞台。當大家仰首引頸，環顧四周壁畫之際，兩位男女高音歌手上台，各自獨唱三首，再合唱一首歌劇選曲。就在熱烈不停的掌聲中，我們的賴領隊向劇院導遊打個招呼，狗尾續貂沒問題，手一揮。林某某就輕快地躍上舞台，啟動嗓門，開始四分鐘之久，帶有霸氣的費加洛快板。一氣呵成，雖然各種生理心理等等不利的條件俱在，能逆境克難，順利完成，我心願已了。

在掌聲的回響中，匈牙利的男高音跑上舞台，握著我的雙手，我順勢高舉我們的手臂。我感謝同行夥伴熱情的支持，創造機會的賴領隊，還有匈牙利國家歌劇院的雅量。出了劇院，見到前一天的導遊，她張著大口故做驚訝狀，前來恭喜。她不會忘記我的，在巴士上她口沫橫飛講了一天，我坐在第一排昏睡苦撐了一天。她笑得好甜地調侃我說：「今天睡獅醒來了。」

這一天我的日記寫著，二零一九年五月三日早上我在布達佩斯歌劇院清唱莫扎特作曲的費加洛婚禮……唱得很高興。

謝幕和豪華的大廳照片。

蝴蝶淚落滿地紅

其中以蝴蝶夫人最悲壯最血腥
最令人心碎。

歌劇《蝴蝶夫人》是意大利歌劇作家普契尼的作品，極為膾炙人口，受人歡迎的一齣戲，也是普契尼個人最喜歡，最有成就感的作品。故事內容是一位美國海軍軍官皮克頓與日本女子蝴蝶夫人戀愛，雙方不顧自己親友的反對，執意結婚。婚後不久，皮克頓奉調回國。蝴蝶夫人在日本生下他們的兒子，而且獨力撫養，只等待丈夫早日團圓。皮克頓卻帶著新的美國太太回來，想把孩子帶走。蝴蝶夫人絕望之餘，用匕首自殺身亡。

西洋歌劇裏，很多以女主角死亡做為悲劇的結局，相對之下，男主角以死亡結束的歌劇，並不多。但是戲裏男主角死亡，女主角因此殉情者也不罕見。托斯卡，阿依達，露西亞都是。凸顯出女性對愛情執著的偉大。其中以蝴蝶夫人最悲壯最血腥最令人心碎，或許是男主角薄情，更顯出弱女子無助的悲哀。

這部戲的男主角非但不死，反而逼死女主角，也逼出觀眾眼角的淚水。偶爾一個唱作入戲的男主角在謝幕時，反而會得到不尋常的噓聲。這一場下來贏得多少淚水，我固然不知。這輩子看了一百六十多場歌劇，落淚四次，全都掉在蝴蝶夫人這齣戲。這個歌劇前後看了八回，掉淚的四次正是八次的前四次。可見隨著年紀漸長，淚水的泉源日漸枯竭。散場時，我刻意看看周遭步出的觀眾，卻也沒看到有含過淚水的眼睛。眼睛不流淚，只是未到傷心時。眼睛不是淚水的源頭，傷心才是。

記得第一次看這歌劇，是在淚水充沛，淚腺發達的青春年華，或說是感情豐富，情緒脆弱，正如初熟的羅密歐。接近劇終時，死神的鼓聲頻催，越急越響，以至驟然而止。那最後的一擊，碎了我的心。身著白色和服的蝴蝶夫人，背對著觀眾席地而坐，雙手握著閃閃發亮的匕首，緩緩高舉，停在空中。讓她自己對這個世界做最後的眷顧，即使對兒子的不捨也留不住她遠離世間的決心。似乎全場觀眾都屏著氣，全神貫注默默地為她祈禱送別。鼓聲孤獨急促，讓自絕的心緒快快地沉澱下來吧！交響樂沉著緩慢，我心已死，不再有恨。鼓樂聲領著死神的來到，突然，交響樂有力地下滑到底，再鬆開結束。緊握匕首的雙手猛然下降，直至腹部。啊的一聲，我心底深處沒出聲的慘叫。蝴蝶夫人的軀體向前倒去。瞬間，我淚水奪眶而出，有如爆發的山洪。舞台上的一灘血紅，向四方散開。我眼前已是汪洋一片，模糊了整個世界。不要再說什麼，男兒有淚不輕彈！我心已碎，會流淚的眼睛啊，就恣意地流吧！

曲終人散，太太不帶一點鼻音地說，「走吧！」我心裏嘀咕著，看不見路，怎麼走？真是的，難道女人心真的比較硬嚒？

漫談嗜好

人生時間有限，精力有限，淺嘗亦可，歡喜就好。

從嗜好來看一個人，往往是很有趣的事。我也歡迎別人從這個角度來看我這個人。我的好奇心造成我多樣的嗜好，卻無法深入專精。人生時間有限，精力有限，淺嘗亦可，歡喜就好。讓我談談一些嗜好吧！

＊

騎馬

騎馬是一種相當花錢的運動，站在牠身邊，你得好好想一想。你要馬兒跑，你就先要解決馬的食衣住行育樂的問題。在台灣養馬風氣不盛，馬兒生活所需的資源都是進口的舶來品。這起碼的耗費是難免的，至於讓你騎在牠背上跑兩下子，還得加一顆蘋果巴結一下。

騎馬是一個讓人既好奇又怕怕，既喜歡又膽怯的活動。在四十歲那一年我開始到離家不遠的一個養馬場，每禮拜去一次上課一小時。開始的基本投資是皮鞋一雙，黑帽一頂，初學者還不需要那種看起來很帥的高筒靴子。黑帽子和騎馬靴子都是安全考量必備的。我上課用的馬，個子高大。單是上下馬踩馬蹬，就費我好大的力氣。就在室內馬場裏從慢跑學習到快跑，漸漸地享受到騎馬的樂趣。有時老師帶我到普林斯頓附近的鄉下小徑上慢跑，是我騎馬，馬慢跑啦。想成我牽著馬慢跑，就有點好笑。好像車子拋錨，叫了一輛跑不快的拖車，慢慢地拖回去。

談到普林斯頓，我們這些當地居民總喜歡用文風鼎盛和地靈人傑這兩個

宛如糖果一般的奇石，可惜不能吃。

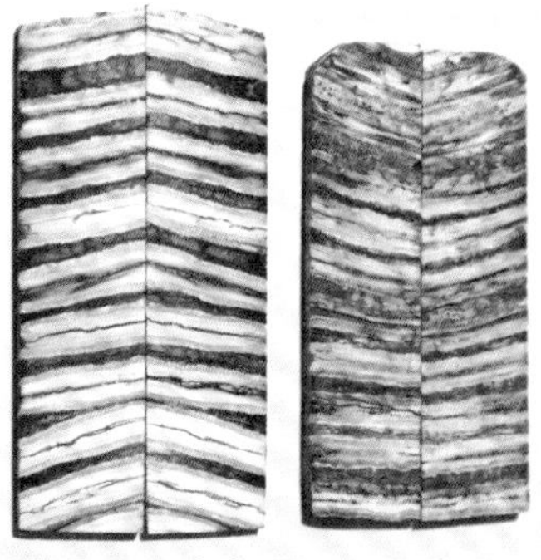

恐龍牙齒化石，兩片對稱可做刀柄或槍柄的兩面。

從阿拉斯加回來。

成語來沾它的一點靈氣。在美國能用得上這個成語的小鎮真不多。旅行在外對人說是來自普林斯頓，泰半的外地人會補上一句，在那裏當教授嗎？真是一個天大的恭維。

三四十年前有一年兩位普大教授同時獲得諾貝爾獎。翌日兩位得獎人在超市相遇，都是去買慶功派對所需的薯片和汽水等等。印象中有好多年校園內一直有十來個諾貝爾教授。在校園走路遇上這種大學者不是稀罕的事。有一回走出校園附近的

一片乾淨的沙丘，天空總是藍得無可挑剔。抓一把沙擲向空中，一甲子的歲月隨著風沙飄逝而去，頓時，沙丘上的老頭老婦個個都回到孩提時的天真無邪。

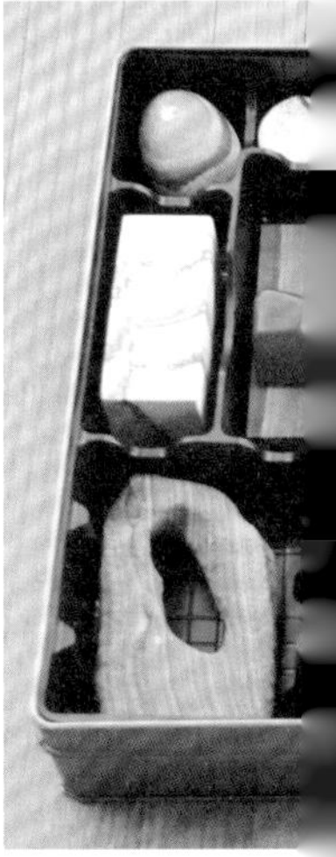

一家咖啡館，一個老頭子搶先擋著門讓我們先走。同行友人笑說，當天運氣特好，有諾貝爾教授替我們開門。他還是一位卸任的美國財政部長呢！地靈人傑和人傑地靈相互激盪，造就了今日的普林斯頓。學者多的地方民風比較純樸嗎？今日山東曲阜的居民比較尊師重道？我想多少是吧。

言歸正傳。有一回在室內騎馬繞大圓圈快跑，像是乘在波浪之上。教練有時要我放開雙手，像是馬戲團裏的表演動作，過癮極了。就陶醉在乘風破浪的快感裏，沒注意馬在轉彎，剎那之間我就跌到地上去了。沒有驚嚇，沒有疼痛，這是我第一次從馬上摔下。

我也學馬躍跳竿障礙，像馬術表演一樣，馬會跳起來。有一回馬已逼近一個不及膝蓋高的跳竿，我心不在焉，也心不在馬，該感到害怕的時候，我已坐在地上，心跳都來不及加速。我開始對騎馬的安全有顧忌了。加上當時的一位美國農業部長落馬身亡和影星超人墜馬半身不遂。我估量這個風險不小，該適可而止了。一年不到我就不騎了。

嗜好不必然是有趣的，或是喜歡就好，說說了得的事。登山健行是要吃苦耐勞的，能登高望遠，還可以換回一些樂趣。若在潮濕的熱帶沼澤探險，累了也找不到地方休息。

＊

零下四十六度的狗橇行

一九九四年的某一天華爾街日報介紹四個另類的旅遊，引起我的注意。一個是加入牛仔成群結隊越州趕牛。另一個是在印第安保留區裏白天騎馬漫步峽谷，晚上就在營火旁聆聽牛仔彈吉他，並唱些民謠自娛娛人，同時享受著醇香的咖啡。望著星空，睡入夢鄉。最後的兩種旅行我參加了。一個是騎雪地摩托跑遍黃石公園，另一個是在阿拉斯加酷寒的極地裏，狗橇五天行。我年輕時既有雄心又有壯志，把兩個旅行拼成一個，一出遠門就兩個禮拜在外。一旦結束了在黃石公園的雪地摩托之旅，就緊接著遠走高飛，深入阿拉斯加。精彩的旅遊往往需要有一點冒險去換取。一輛雪地摩托車，一隊耐寒的狗橇都是我從來沒碰過的大玩具。參加的人都跟我一樣是大都市來的鄉巴佬。我個人擁有特別多的是滿腦子的好奇，滿腔的勇氣，和滿肚子的故事，像馬可波羅遊記一樣，從很遙遠的地方帶回來的。

年輕時勇氣可嘉。生命的旅途上開始遇上「今天不做明天必會後悔」的抉擇。我漸漸地知道很多事情是「現在不做就永遠不會去做了」。不會去做通常是缺少一點點勇氣來推動自己。事先我就期待著，狗橇行能讓生命變得更多彩多姿，不去就太可惜了。

在這之前沒去過阿拉斯加，華氏零下二十度的天候我沒經歷過，遑論零下

加拿大優荷（Yoho）國家公園的翡翠湖（Emerald Lake）。

加拿大班夫（Banff）國家公園的露薏絲湖（Lake Louise）。

黄昏的露薏絲湖。

三四十度，也從來沒養過狗狗，加上身邊沒有一個有類似經驗的朋友讓我咨詢，這趟出遠門真讓我離家時感到前途茫茫。面對千山萬水，我一人獨行，孤單只有寂寞相陪。更沒想到會在一個寒風刺骨的冬夜裏第一次踏上阿拉斯加這片廣袤大地。扛著沉重的背包，趕上末班飛往阿拉斯加的班機，在午夜時分抵達費爾班克斯。等飛機在停機坪一停好，行李很快就送出來，十分鐘不到，整個機場候機室只剩我孤鳥一隻。眼巴巴地望穿秋水不見旅館接人的小巴。機場外的氣溫是華氏零下十五度，還不算太糟，我將去零下三四十度的地方。仗著這種還不算太糟的信念，我完成這個自討苦吃的體驗。這次旅行我不僅帶回一簍筐的故事，還帶回些許嶄新的人生觀。

＊

巴士旅行

近年來馬齒徒長，旅行越趨保守。近十多年來參加台大校友會舉辦的旅行團將近三十次，團員多是和藹的退休長者，每一個人都有自己精彩的故事。年輕時候的年輕玩法漸漸地不適合自己的體能。搭乘遊覽巴士，上車睡覺，醒來也不必花腦筋，煩惱食宿。不過我們自己還是喜歡阿拉斯加，黃石公園，大峽谷一帶和加拿大偏遠的育康地區。加拿大落磯山脈的風景之美在我心目中的排行榜已躍居全球之冠，因此二十五年內去了二十一次。儘管風塵僕僕，忙進忙出，管他是人生的夕陽還是黃昏，及時行樂最夯。

＊

收藏寶貝——集石集

石頭百態，胡不我愛？默默無語，誠好相待。

每顆石頭都不一樣。對愛好石頭的石癡而言，每一顆石頭都有那麼別緻的質地，顏色和形狀等等。沉迷於收藏石頭可以變成一個無止境的追求。用莊子的話說就是，以有窮追無窮，殆矣，是很危險的。

收藏是不是一件浪費生命的事，是見仁見智的判斷。不論如何，人生總有百年之時，石頭未來的去向，總要解決。割愛割捨是晚年該學習的課題。記憶裏我不曾寂寞，不曾無聊，不曾不知道現在當下要做什麼事。我總是忙著，理由很多，欣賞石頭也是其中的一個項目。讓我放下負擔別再收集了！

＊

石雕

石雕自然是我想要表現的藝術形式。我曾嘗試畫畫，覺得自己缺少該有的美術天份。折磨了半天，畫不出什麼讓自己高興的東西。在一個意外中我找到一張二零零五年的風景水彩畫。我不再虛度時光，轉向三度空間的雕塑。它在不同的角度有著較多的變化，石頭的材質厚重給人穩重不動的安定。於是從夜

樹木化石，樹皮仍栩栩如生，很重。

書道兩字是老師拿著灑有金鉑的特殊毛紙，要我當眾寫下。眾目睽睽之下，面對金紙，被逼出來的字也就差強人意。

石雕，未完成作品。

這是一張很有趣的照片。一大清早在土耳其搭熱氣球鳥瞰大地。背對著早晨的旭日，面對著岩壁，我們一大籃子十二個乘客搭著熱氣球垂直上升，看到自己的背影在岩壁上。我手握相機，拍下整個熱氣球，甚為有趣。左二的人影就是我自己，我左邊小個子是我太太。氣球上升速度甚快，匆忙中我叫大家快拍照自己的背影。很多人不懂我在做什麼。為什麼要拍自己的背影，背影又在哪裏呢？因此錯失良機。在還沒有手機的時代能攝取到背影，甚為難得。

杯子是兒子送我的生日禮物。

間的成人學校上課做起。準備好工具，開始敲敲打打，一塊石頭在刀斧之下，大小只減不加，這是石匠的硬功夫。石刻的進展相當緩慢，要有些耐性。

＊

攝影

攝影也是一個很好的嗜好，可以很快就看到進步的成績。設備的投資較大，業餘的嗜好就不要求太高。攝影機讓你看到帶有美感的影像，記錄留下的美好時光。

＊

寫字

只要有一枝筆就能做的事。不動腦筋就是沒有靈魂的練字，可以表現出文字的美感。用上腦筋就是寫文章或寫作。用上毛筆，稱做書法或書道。

＊

作詩

無聊時寫寫詩，也是有趣的事。看到自己戴著皮裘帽，就想起在阿拉斯加的一些美好回憶。忽然靈感一來想寫一點短短的詩，是新詩嗎？

寫短詩像小孩子吃通心麵，一不小心，掉得滿地都是，揉掉的紙團。

＊

唱歌

這是一個非常好的運動。請大家多唱歌，有益身心健康。高齡唱歌不亦樂乎？顯然我比較喜歡工具簡單的嗜好，有事做就好！

我愛歌劇。

西洋歌劇和民謠給我更大的挑戰。近年來疫情肆虐之下，師生不方便面對面上課，幸好科技進步，能夠通過視訊，我在大西洋海岸的紐澤西州，女高音的聲樂老師在美國南方的肯德基州，每個禮拜一個小時，按時上課。師生衣著筆挺，認真程度不下於面對唱歌。

歸來黃石

春綠，夏藍，秋紅，冬白。

黃石國家公園位於美國西部懷俄明州的西北角，是美國首創的第一個國家公園。它的成立帶給世人一個重要的省思。什麼樣的生活環境才是人類該追求的？政府該有什麼作為來實現我們想要的生活環境？

來到這個國家公園，我們看到花草樹木鬱鬱蔥蔥，

從上到下：兄弟比武、母牛和剛出生的小牛、地熱冒險釣魚。

鳥獸蟲魚生氣盎然。同時，我們也看到地球的不完美，滾滾地熱，蓄勢待發。一個破壞性極大的水火不容，可以導至整個黃石地帶的地層下陷，就迫在眉前。眉前？是三冬五冬的瞬息時光，還是三五萬載的漫長歲月？誰都沒把握預測得到。現在的黃石公園地表上溫泉遍佈四處，地底下的熔漿蠢蠢欲動，隨時煮滾了地下水，以至三不五時，帶著蒸汽的熱水，衝出地表，直達雲霄。難得的人間奇景，吸引不少慕名而來的觀光客。

到黃石一遊有時不太簡單。它附近的機場都不大，飛機小，載客不多，因此機票貴，班次少。夏天去避暑，運氣好會遇上飄雪的冷天。每年五月初到九月底供遊客開車出入，冬天十二月中到三月中讓人開雪地摩托車進出公園賞雪景。多數人選擇在夏天旅遊公園，看看每個地熱溫泉，感受大自然的神奇。少數人冬天到黃石去享受夏天見不到的另一番風味。

我愛黃石的冬天，更勝於夏天。九月或十月的一場大雪就把黃石帶入一片雪白的冬季世界。第一場雪新鮮，讓人驚喜，怎麼天氣還不太冷就飄雪了。接踵而來與親人團聚的年節，感恩節與聖誕佳節，也就不遠了。這場小雪，為大地擦上薄薄的淡妝，淡到掩不住山林原有的風貌。或黃或紅的層層秋葉，還來不及準備好離開樹媽媽，就被冬雪挽留下來，加入這一季初雪的嘉樂年華。

空氣中的涼意帶有一點燒柴的焦味。這個善意的提醒，讓人愉悅地想起，這該是為壁爐點火的時候了。黃石的初雪就是這麼地可愛！無聲無息，悄然飄至。

接著不久月曆翻盡，臘鼓頻吹，公園南邊名叫傑克森的小鎮張燈結彩，放起聖誕音樂，帶有鄉村氣息的那個灑脫調子。街上行人很多是牛仔裝扮，腳上穿的是裝飾花俏的靴子，不帶一點泥巴。他們不曾進過牧場，不曾在星空下打瞌睡，卻知道要把鬍子整理得光鮮亮麗，再戴上一頂嶄新的牛仔帽。逛街逛藝品店是我到這裏必做的功課，鑽遍大街小巷，鉅細靡遺，直到每一個呼吸吐納都帶著西部牛仔的氣息。就在這市中心的廣場上，黃昏時刻你或許還會遇上警匪槍戰。別怕，這只是給觀光客看的假戲。

黃石公園不是以石頭聞名於世，更不用說是黃色的石頭了。瀑布下游有一些黃石，勉強因此浪得虛名。可是當大雪紛飛時，大石塊傲然屹立於冰雪之中。石黑雪白，黑白分明。微微的融雪懶散地覆蓋在石塊上，讓我想起上世紀的一位偉大的雕塑大師，亨利摩爾。他隨手在白紙上畫一道渾厚的曲線，就夠我欣賞半天而感動不已。冬天的黃石公園就充滿這種感人的線條。最多的就是白雪與石塊，黑白交接就是亨利摩爾的筆調。對著天空看野牛背脊上的曲線，陽光下還會發亮的曲線，更是如此。

黃石冬天的寧靜是得自比夏天少了喧嘩的吵雜聲和擁擠的交通。冬天主要

忠實噴泉。

老忠實木造旅店，古色古香，別具一格。

硫磺地熱。

的噪音來自於雪地摩托車的高分貝。儘管如此，難得能有一趟黃石的冰雪之旅，就好好地享受周遭的寧靜吧！

黃石湖天一片白，野牛泉熱快活哉。
忽聞雪車呼嘯去，麋鹿搖頭笑我呆。

馬路旁的小木屋是為騎雪地摩托車的人暖身的休息站，壁爐裏的火焰熊熊，幾張木椅圍著壁爐，供人休息取暖。窗外呱呱聲打破寂靜，烏鴉嫂出來覓食了。這個烏鴉鴉的鳥族是世代的土匪。我坦白地警告冬季裏新來的遊客，不要將食物留在雪地摩托車上，應該全數隨身帶進休息站。背包留在車上的話，烏鴉會用牠們的尖嘴拉開拉鏈，將你的個人藥物，咖啡，茶包等等味道不合牠意的食物通通往地上丟。餅乾，巧克力等等我們喜愛的點心，牠也喜歡和你分享。你出來一看，滿地瘡痍，引起一肚子的火氣。牠卻停在高高的樹枝上，似笑非笑的一張烏鴉黑臉瞪著你，看你無可奈何的窘態。正要揮起雙手驅趕牠們的時候，公園管理員路過看到你，熱心地跟你打招呼。尷尬透了，我這一個不懷好意的手勢揮不到半空中就被軟化成善意的招呼。想向管理員報告烏鴉粗魯的行為，這豈非是當面說別人家的小孩沒教養，讓人說不出口的。

印象中的烏鴉是聰明的動物，記得嗎？烏鴉會丟小石子進入裝了水的窄口瓶子，終於喝到瓶子裏的水。有這個智慧，搜尋背包裏的食物當然就易如反掌了。在黃石公園裏，動物的地位比遊客高。

烏鴉智取瓶水喝，共享背包午餐盒，
葷素不拘不客氣，人道是天下烏鴉？？？

兩者之間的衝突，經常是要遊客讓步的。我們不會要求動物做什麼，因為他們是教不來的。背包被烏鴉入侵，就當牠是馬戲團裏烏鴉的特技表演吧！你是邀請牠們來演戲的主辦人。

黃石地區有地熱，卻沒有溫泉浴供游客消遣，實在是美中不足，有點掃興。幸好在傑克森小鎮的附近有一個很吸引人的露天溫泉。在嚴冬浸泡在溫水裏，仰望環繞四周的高山岩壁，黑岩白雪，景色迷人，真是人生難得的享受。更美妙的是當地的氣溫愈冷，溫泉會愈熱。何以如此？溫度低，冰雪融入溫泉的水量減少，進水口的水溫就相對變熱。這個溫泉座落在一段鄉村小路的盡頭，這段路只有一個入口。冬季時節小路和兩旁山谷斜坡為冰雪覆蓋，也就不讓汽車進入。兩種交通工具供你選擇，一是兩人座的雪地摩托車，另一個是狗隻拉的

森林大火之後。

五彩繽紛。

雪橇。一個人可用毛毯裹著，坐在雪橇裏，讓一個狗隊拉著走。另一人站在雪橇後面操控狗隻和雪橇。入口處有一戶養狗人家，可供應一切所需。

沿路欣賞兩側雪山風光，還有溪谷的一戶小橋流水人家。溫泉流出的細水長流，緩慢地帶動著橋邊的水車。這個寧靜的雪景經常被印在傳統的聖誕卡上面，我們這些上了年紀的今之古人一點也不陌生。以前每一次看到這種聖誕雪景，都以為這是一個此景只應天上有的仙境。沒料到這輩子真看到它。

嚮導趁我們浸泡溫泉的一個小時，清出在附近被冰雪覆蓋的野餐桌，並料理出一頓豐盛的午餐，包括了我預訂的牛排。加上生菜沙拉，點心等等，身上泉水餘溫猶存，咖啡熱茶續溫在後。這一餐吃得十分溫心暖腹。其實這頓午餐只有牛排是在野餐區烤肉架現做的，其他餐飲餐具都是用雪地摩托車走私來的。回程和太太換座位，她狗尾續站，一路到家，我毛毯裹身，養神到底。這一個附加的旅程雖小，卻也會是一個回味無窮的美好回憶。

來黃石八次，最近這回是最仔細地品味黃石的一回，不禁為造物者給它的美艷讚嘆不已。公園裏一個水量最充足，最準時噴出泉水的噴泉，名叫老忠實，是最容易看到的一個噴泉，也是泉水從地表衝出，直達雲霄，噴得最高的一個。

老泉有志在雲霄，眺得大地彩色調，
愛拼才會噴更高，枯榮有期誰能料。

讓我悄悄地告訴你，這是我走過多數的美國國家公園中，色彩最豐富的一個。春綠，夏藍，秋紅，冬白。也就是春樹綠，夏天藍，秋葉紅，冬雪白，加上四季多彩的地熱溫泉。黃石，你，真美。

黃石瀑布。

清澈見底。

大片地熱區。

鮮艷奪目。

媽媽的一句話

這就是媳婦熬成婆之後代代相傳的威權，需要有人出來改革。

我最近才發現到有一句話，對我的一生有很大的影響。講這一句話的人不是震古爍今的哲學大師或什麼偉人，而是我的媽媽。

我媽已在二〇一三年過世，享高壽九十七。她從小生長在台北郊區石碇鄉下，幾次因家貧輟學。雖然是班上功課優秀的好學生，有時也不能上學，要在家做粗活，或輕鬆一點做個女牧童，牽牛看牛吃草，並可抽空看看書。在重男輕女的觀念下能唸完小學，是多次向外公爭取來的。幸虧是家裏的長女，一個好幫手，也因此沒送人當養女。跟在媽媽之後是一個妹妹，就被送出去了。這位長得很像媽媽的阿姨，雖然姐妹不在一起長大，成年後還有來往。要是接在媽媽之後是一個弟弟，這個當姐姐的就招弟有功，身價還好。算起來排行次女三女最容易被送走，並獲賜名罔腰或罔市，取其姑且養之之意。

媽媽對學校的畢業旅行不敢奢望能參加，因為外祖父家裏拿不出三塊錢的旅費，日籍老師到家裏遊說，鼓勵家長讓孩子參加。最後由老師私下補貼五毛錢才得以成行。搭車到台中，埔里，霧社和新竹等地。四天之後霧社事件爆發，消息傳到台北鄉下。十來個學童的家屬，哭得呼天搶地，孩子下落不明，加上通信中斷，真是求救無門。所幸三天後一夥人，平安歸來，卻一點也不知道霧社發生了什麼事。大家又忙著感謝神明保佑，上廟還願。

百年前的台北鄉下，靠山吃山，茶葉是比較值錢的農作物，文山地區的男女老少都投入茶葉生產的事業。女孩子除了家事之外，採茶已是專屬於女人的工作了。媽媽好不容易半工半讀唸完小學。和一群年紀不齊的姑娘姨婆揹著竹簍子，打赤腳，走田埂，上山採茶。

媽媽的娘家在石崁，和楓子林一樣同屬石碇鄉。從石崁沿溪順水而行到楓子林，走路不出一個小時可到。爸媽結婚的大日子是由爸爸到石崁迎娶媽媽掀開序幕的。在外公帶領之下，有娘家的人馬陪同，浩浩蕩蕩，在雙溪口跨過溪流，穿過茶園和橘仔園，一路青山綠水，來到村後一大片平坦的稻田區。轎夫和空轎子就在這裏，等著葉大小姐上轎。接在轎子後面，擺著兩件上好檜木製成的洋服箱是外公給的嫁妝，看得出來外公這回是卯足了全勁，輸人不輸陣。外公和女兒話別幾句後，將女兒交給新郎送上轎子。隨即起轎，步入村子。

鞭炮震天，響遍村頭村尾，煙硝四散，飄過林裏林外，林全記不見新娘轎子入門久矣。沉默寡言的二兒子，我老爸，礙於家道中落，只能暗地裏期待早日有媒人來說親。年屆三十再按兵不動繼續光棍，後頭老三老四老五可等得著急。

媽媽嫁到林家，養育七個孩子。從孩子的媽到茶行的老闆娘，言行不卑不亢，默默地把該做的事情做好，也讓爸爸的生意蒸蒸日上。

我年輕時有一次和媽媽在醫生診所裏候診，看到強悍的醫生媽媽在教訓兒子，給媳婦看。「沒出息！大男人拿什麼掃把？掃地這種女人事叫女人做就好。」事後媽小聲對我說，「你什麼家事都要做，人生久久長長，什麼事都要學會做。家裏女人太忙的時候，你也要幫忙做。」我聽了心頭一震，答應著媽媽。

「我知道，媽咪，我會的。」

婆媳關係的故事從小就聽多了。一個採茶姑娘出身的家庭主婦，哪來新潮大膽的想法？這就是媳婦熬成婆之後代代相傳的威權，需要有人出來改革。

我年輕時在金門前線服役，遇上該吃粽子的端午節。我這個排長是部隊裏官兵百人之中，最具粽子資歷的一員，包過粽子。我當仁不讓，隨即帶著三位士兵，在端午前夕趕著做出鹹粽和鹼粽各一百顆。粽子故事的源頭正是媽媽說的這一句話，讓我從小就擔任媽媽的助手，樂於和媽媽一起包端午節的粽子。儘管歲月飛逝如梭，一甲子前媽媽做的粽子味道我都還依稀記得。真感謝媽媽諄諄的教誨和不凡的智慧！

嘁嘁喳喳炒下去

「是的，媽咪，我懂！」

話說三十多年前，我認識了一個名叫阿良的福州人。那個時候的阿良在費城賓大校園旁的街道上經營一輛餐車的生意。所謂的餐車是小貨卡的拖車，自己沒有動力行走。一大清早就被拖來，佔住固定的路邊車位，以賣熱食為主，直到天黑。車子裏的兩個爐火就能做出菜單上所有的中國菜式。我是在畢業前一兩年，常常到他那裏光顧。在傍晚時分買一份晚餐。不多久就和他熟稔起來。

阿良書讀不多，很羨慕能唸碩士博士的讀書人。那時他僅有的一個孩子就在賓大讀書。他常常對買餐點的顧客驕傲地說，兒子在牆裏唸書，老爸在牆外炒飯炒麵，供他付昂貴的學費。說得他神采飛揚，炒得飛快起來，好像再不炒快一點，就追不上猛漲的學費。

偶而他那個長得不錯的兒子，路過餐車抓一罐可樂就走。正在炒菜的阿良默默地趕緊遞上一條毛巾給他擦汗。父子情深，溢於言表。有一回望著兒子遠去的背影，他微笑地對我說：「只要兒子能唸博士，我就繼續幫他嘁嘁喳喳炒下去！」接著，神氣十足的阿良，舉起炒匙的同時，愉悅地向我眨一下眼，嘴巴反復地唸著：「嘁嘁喳喳啊，」快樂地炒起來。嘁嘁喳喳已是阿良和熱油鍋之間的共同語言了。左宗棠雞啊，就讓我們一起向博士學位邁進吧！

餐車裏的空間狹窄，外有艷陽烘烤，內有爐火熊熊，福州老爸真不怕熱嗎?賓大博士的美景在前，老爸怎能怕熱?讓我想起媽媽常說的一句諺語：「怕熱就不要進厨房。」其實不論你是誰，自稱不怕熱恐怕還不夠。要有比別人更不怕熱的能耐，才能出人頭地。

「是的，媽咪，我懂!」

兩代10博士

拿到博士學位不是讀書的終點，而是起點。

太太的一群姐妹淘看她還在工作不退休，稱她為學霸。她是大學系裏第一名畢業，拿著全額獎學金來美國讀書，學有專精，拿到博士學位。鑽研鋰電池四十年，所以稱她學霸，褒貶不論，實至名歸。

我們一家六口，五位博士，在家裏博士一詞很少是個話題，人終究不是喜歡炒冷飯的動物。太太會讀書，會考試，年輕時進過大專聯考的闈場也就不意外了。

我跟她是賓夕法尼亞大學同校我拿電腦資訊，她拿材料博士。女兒和女婿是分別來自麻省理工學院和柏克萊加大，先後都拿到史丹福電機材料博士。兒子是哥倫比亞大學應用物理系畢業，工作數年後，自己又回哥大唸電腦，拿碩士學位。娶個耶魯出身的太太，她是洛杉磯加大歷史博士。兒子沒唸博士，是他自己的決定，我關切的不是他是否要唸博士，而是有沒有快樂地過日子。記憶中我只提醒他過一次，假如你對哪一門學問有所心得，或有所偏好，唸一個博士學位也是對一生有非常正面的影響。

要不要？能不能？乃至可不可以去唸個博士學位？是自己個人的私事。博士學位是一個可有可無的奢侈品，有它可以為自己裝飾門面，名片上可以多印博士兩個字，如此生活就會過得更快樂嗎？

看看沒唸博士的例子。兒子大學畢業十年，在紐約找工作一直都很順利。

一兩百人應徵，錄取三五人的激烈競爭，他都能屢佔鰲頭，大概是個性好人緣不錯吧。首先他在律師樓替一位九旬老律師當助理。老律師輸了一件重大官司之後，關門退休的前夕，建議兒子去唸個律師學位，可以當個好律師。

還在思考何去何從的時候，兒子花了兩個禮拜的時間，替一位所謂的「行動藝術家」在曼哈頓一個大樓的屋頂，蓋了一間木屋。藝術家打算一個人鎖在屋內過活一個禮拜。木屋蓋好了，卻拿到一張空頭支票，工錢材料錢一併付諸流水。藝術家終於行動了，逃得無影無蹤。年輕人得到一個還不算太糟的教訓。

我這個兒子從小喜歡飛機。八歲左右就在電腦上模擬美國各大機場從電腦上的鍵盤控制起飛降落。我記得對他說過，波音公司本身就是非常多彩多姿的公司，包括民航，軍事，太空等等領域，每一個章節都是深奧的學問。十歲那年他就把一本厚重的波音歷史讀完。

就在這年一個週末的下午我帶他到普林斯頓機場學開飛機。坐上單引擎小飛機的駕駛座，還要加上兩個枕頭分別對摺墊高，才看得出去，知道跑道在哪裏。如此飛機的駕駛，也是一個欣賞大地風景的觀光客，在空中翱翔了一個鐘頭。除了降落由教練掌控之外，兒子聽指示全程操作。帶著兩個枕頭下機，完成開飛機的第一堂課。

這個學開飛機的入門課，有興趣的人不妨試試，增長見聞。兒子的第二堂課一樣是由教練操作降落。我拿著望遠鏡在降落的跑道附近看著。輪子著地，彈起又著地彈起，再著地才控制住機輪。這真不是一個讓人欣賞的示範飛行。孩子啊，開飛機，三思而後行吧！

長大到航空公司上班似乎早就安排在他的人生規劃之中。先到一家小航空公司上班，做決定機票價格的工作。小航空公司的策略是不管自己的盈虧，就跟著大航空公司訂價格，不太能自主定價，也不必自主。他上班的航空公司優待員工及其眷屬可以免費搭乘剩下的空位。我們一直沒機會享用這個招待。偶爾有別家航空公司的電腦跑出不可思議的廉價，讓他只花兩百塊錢從紐約來回到東京度個週末。花六百美元讓我有一個頭等艙的緬甸之旅。兒子可能覺得這種工作乏味，辭職回哥大唸電腦去了。

畢業後，到獨霸全球財經資訊的彭博公司去。以三十二歲的年紀找到自己喜歡的公司上班，真替他感到高興。由於視訊的普及和瘟疫的流行，兒媳兩人從紐約市搬到和我們住在相距不遠的地方，兩人都是可以經常在家上班。在疫情嚴峻的年終，得到公司優渥的獎金，工作表現受到肯定，當父母的人與有榮焉。值得我們慶幸的是在動盪的亂世裏，還有兒媳在身邊陪伴，安享天倫之樂。

太太娘家博士多，其來有自。我岳父母有五個孩子。一個政大財政畢業，沒出國繼續深造，其餘四個台大畢業的（電機，化學，數學和醫科）都到美國拿到博士學位，其中三位是賓大的。也嫁娶同時在賓大的博士生。我們這些有賓大傳承（legacy）的下一代卻都不願意進賓大念大學。大概是不想靠父母親的校友關係申請學校，如此勝之不武，落人口實。我岳父母這一家的兩代人總共在美國拿了十個博士。現在剩下最年輕最厲害的一位，小舅子的女兒，中學跳級兩年，加州理工學院畢業，已嫁給哈佛的物理所同窗，冀望博士學位指日可待。這樣就可能有十一或十二個博士了。

我猜我岳父母這一家人有會唸書的遺傳，至於遺傳了什麼特異功能，我也說不上。總得找個理由，讓所有天下父母有一個非戰之罪的藉口。我沒有這一個遺傳就相對地讀得辛苦了。談到遺傳，難道有很多人生下就注定與碩士博士無緣？我不是宿命者，不向命運輕易地低頭。

令人訝異的是我岳母的學歷是不識字，因家貧沒上過學。以前的身份證是有學歷這一欄，地方上管身分證的人員幫你填「不識字」這三個字是不會客氣的。我相信假如有機會讓她上學讀書，她會為自己唸出一個博士學位，真是一個看似平凡實則偉大的母親。我的岳父母，犧牲自己，養育了四個博士孩子。如何把小孩子送進美國常春藤名校的大學？我想我岳父母和我兒子的例子回答了大半的問題。我岳父晚餐後帶五個孩子安靜地做功課是起碼的答案。好像不難辦得到，不是嗎？

在費城的賓大我念了商學院和工學院，可參加的畢業典禮就有好幾次，卻一次也沒參加。領回來的學位證書更是滿紙拉丁，不知所云。這個工學院是以電腦的出生地為榮，我們這一群研究生天天經過電腦室，總要對這一始祖級的電腦摸一下，開個小玩笑。講究速度的科技時代，還在比誰家有陳年老舊的電腦？

費城河岸，無人作伴，霧裏茫茫，獨上高崗。
五年修行，乃見輸贏，論文問世，自賞而已。

在此同時標梅有期，時間已來到結婚生子的時候了。奶瓶與尿布齊飛，青燈共殘卷．夜。一對留學生夫婦帶一個娃娃，餵完早餐，做好午餐，上學途中路過保姆家，將女兒和她的嬰兒餐留下。到了校園，先要找到停車位，才到辦公室坐下，這時已是午餐時刻。太太在工學院的實驗室裏做實驗，不能像我來去隨意。她一大早先搭火車上學去。傍晚和我一起接女兒回家。好心的保姆讓我們共享晚餐，再回家。沒多久保姆搬家，我們跟著三遷，搬到保姆家隔壁，晚餐繼續豐盛如昔。這一家來自屏東的果農夫婦是我們留學生涯銘記於心的一家人。

我們的女兒是老祖母一手帶大，也是由她推著搖籃把女兒推送進 MIT。他們是在屏東種香蕉和芒果的鄉下人，隨著成年的孩子移民美國後，當起保姆幫人帶小孩。農家出身的香蕉老阿媽對女兒長期的耳濡目染，加上學到一些台語。這些無形的資產，反而不是得自當父母的我們。今天女兒教育孫女儼然帶有當年香蕉老阿媽的風格。恪守勤儉持家，刻苦耐勞的人生哲學。想送孩子進常春藤名校嗎？鄉下人的純樸可能更容易贏得名校的青睞。

常春藤名校的傳承（Legacy）為權貴子弟開小門，自然會漸漸地損及名校自身的聲譽。MIT 校方宣稱沒有人是靠著這道門進入 MIT 的。有空到名校參觀一下，也是很有意義的活動。

說到論文，我以為一篇好論文，正如一部好小說，要求的是層次分明，段落有序，這一點兩者是相同的。小說的作者有虛構創造的自由。寫論文就沒這個自由，只能去發覺已經存在於宇宙裏的一個事實。我的論文不厚，骨瘦如柴，沒有贅肉。比起別人厚重如電話簿似的論文，我有些擔心它沒那份重量，聽不到所謂的擲地鏗然有聲。

論文口試結束後，在辦公室裏和幾位同學聊著，免不了有一點感傷。我知道這一天是我漫長的學生生涯，從台北到費城從幼稚園到研究所的終點，沒有學校可讓我揹著書包上學去了。眼前這些研究生將和我在此分道揚鑣，為自己的前途各自打拼。很高興，我終於自由了。從此可以認真地看自己想看的書了，也不再有考試，讓人心驚膽跳。拿到博士學位不是讀書的終點，而是起點。

初秋的陽光和煦，我掩不住喜上眉梢，流露出心中竊喜，午後來到醫院探望妻小。我鬆了一大口氣，這是一個多麼美好的日子啊。半夜上醫院陪太太生個兒子，中午通過博士口試。一個人一輩子所能有最高興的日子，也不過如此而已。

我的指導教授在我要離開的時候對我說了一句話，「你不繼續做研究太可惜了。」我十分感謝她的恭維和鼓勵。我正是要去貝爾實驗室這個全國科技研發的殿堂，瞻仰一下研究員的風采翩翩。傳說中這個實驗室是碩士博士滿街跑的地方，不去看看也是可惜。不出一個禮拜後我就上班報到去了。

這個名聞遐邇的實驗室是美國電話電報公司 AT&T 屬下的科技研究部門。當年貝爾實驗室愛收新科博士，尤其迷信出身常春藤名校的碩士博士。那時正好是高科技起飛的年代，人才供不應求。我到貝爾實驗室求職，得到六個面談，不算多，最後是三個單位讓我挑一個。實驗室裏有這麼多的碩士博士，最多來自何校？哈佛，MIT，柏克萊？都不對，答案是台大校友最多，學霸一籮筐，在實驗室裏一直流傳著這個說法。

有AT&T這個強又有力的母公司，研究員在外開會修課吃香喝辣，日子悠哉絕不難過。記得第一次出差回來，我的上司客氣地跟我說，我們的住宿標準是住一房一廳的旅館，譬如某某旅館。搭飛機可坐商務艙等等。我實在太客氣了，替公司省下不少錢。

員工之中不乏有些飽學之士，談吐中露出博學多聞經綸滿腹，講話帶一點洋哲學的玄虛，再插入蘇格拉底或柏拉圖說的句子，神透了。上班時間安靜地看錶頻頻，不錯過上午十點半，更不忘下午三點的飲茶時刻。喝完茶，回到辦公室，打開電腦開心一陣，關心一下，家事國事天下事，事事攸關股市。我的室友一介單身書生，上班只談公事，或是物理數學，是個MIT的物理博士，還懷念著在MIT導數學公式的日子。我們共用的小辦公事裏有三面黑板還老是不敷使用。年底別人向老板吵著要加薪，他只問老闆加塊黑板就好。聽說我們這些黑板可避邪。滿牆壁的數學符號和公式，讓訪客或是上司看得皺眉頭，也就視為畏途。來到這裏，總是扮個鬼臉就走。

漸漸地九〇年代股市的表現讓實驗室裏的電機電腦工程師坐立不安。薪水開始追不上炒股的副業收入。我這個股市新手因風雲際會，正好在高科技敞開大門的時候懵懵懂懂地走進華爾街，新的高科技公司驚人的表現亮麗，AT&T這種老科技公司還不把他們看在眼裏。當AT&T節節敗退之際，也沒聽說，公司有什麼新的對策或新的方向。一九九一年我四十歲不到，遞出辭呈，毅然離開貝爾實驗室時，問了一個既好笑又嚴肅的問題，貝爾實驗室還存在著嗎？多數華人像孔孟一般回我三個字，大哉問。洋人只會說，好問題。能直接回答問題解我迷惑的人不多。只要有薪水繼續由AT&T發放著，貝爾不貝爾，隨意吧！

這是一個美麗人生的轉捩點。巴金森這個疾病漸漸地侵蝕我身體的健康，加上年紀老化，未來的這一場奮鬥必將更艱難。北上北極海，南下南極洲，我過去有幸能走遍五湖四海，像夸父逐日，不分晝夜，其中歡樂與挫折交錯。別說服務社會，照顧人群，日常生活能不麻煩別人，不拖累親友，就不錯了。奮鬥是為了要訴說，一大串無怨無悔的故事嗎？不了，如今我要奮鬥的是要減輕太太和一對兒女為照顧我所背負的重擔。一言以蔽之，我對家人內心充滿感恩之情。夜幕低垂，籠罩四野，讓這無助的淚水，模糊了睡眼，留下淚痕。明天再面對嶄新的奮鬥吧！

國家圖書館出版品預行編目資料

大稻埕，歌劇院，貝爾實驗室 / 林秀全著
--初版-- 臺北市：博客思出版事業網：2022.11
192面；14.8×21公分. --（現代散文；17）
ISBN：978-986-0762-29-7（軟精裝）

863.55　　　　111010910

現代散文 17

大稻埕，歌劇院，貝爾實驗室

作　　者：林秀全
主　　編：張加君
編　　輯：塗宇樵
美　　編：塗宇樵
校　　對：塗宇樵、楊容容、古佳雯、沈彥伶
封面設計：塗宇樵
出　　版：博客思出版事業網
地　　址：臺北市中正區重慶南路1段121號8樓之14
電　　話：（02） 2331-1675 或（02） 2331-1691
傳　　真：（02） 2382-6225
E - MAIL ：books5w@gmail.com或books5w@yahoo.com.tw
網路書店：http://5w.com.tw/
https://www.pcstore.com.tw/yesbooks/
https://shopee.tw/books5w
博客來網路書店、博客思網路書店
三民書局、金石堂書店
經　　銷：聯合發行股份有限公司
電　　話：（02） 2917-8022　　傳真：（02） 2915-7212
劃撥戶名：蘭臺出版社　　帳號：18995335
香港代理：香港聯合零售有限公司
電　　話：（852） 2150-2100　　傳真：（852） 2356-0735
出版日期：2022年11月 初版
定　　價：新臺幣350元整（軟精裝）
ISBN：978-986-0762-29-7